달팽이 식당

달팽이 식당

食堂かたつむり

오가와 이토 장편소설

권남희 옮김

알에이치코리아

데뷔작 《달팽이 식당》이 한국에서 처음 출간된 지 벌써 십이 년이 흘렀습니다.

그동안 많은 작품을 발표할 기회가 있었고 대부분 한국어로 번역됐습니다. 제게는 정말로 기쁘고 자랑스러운 일입니다.

그리고 제 원점이라고도 할 수 있는 《달팽이 식당》이 한국에서 재출간돼 새로운 독자들을 만난다니 기쁩니다.

작품을 읽어 주신 모든 한국 독자 여러분께 진심으로 감사 드립니다.

언젠가 또 한국에서 만나 뵙기를 기대하며.

오가와 이토

차례

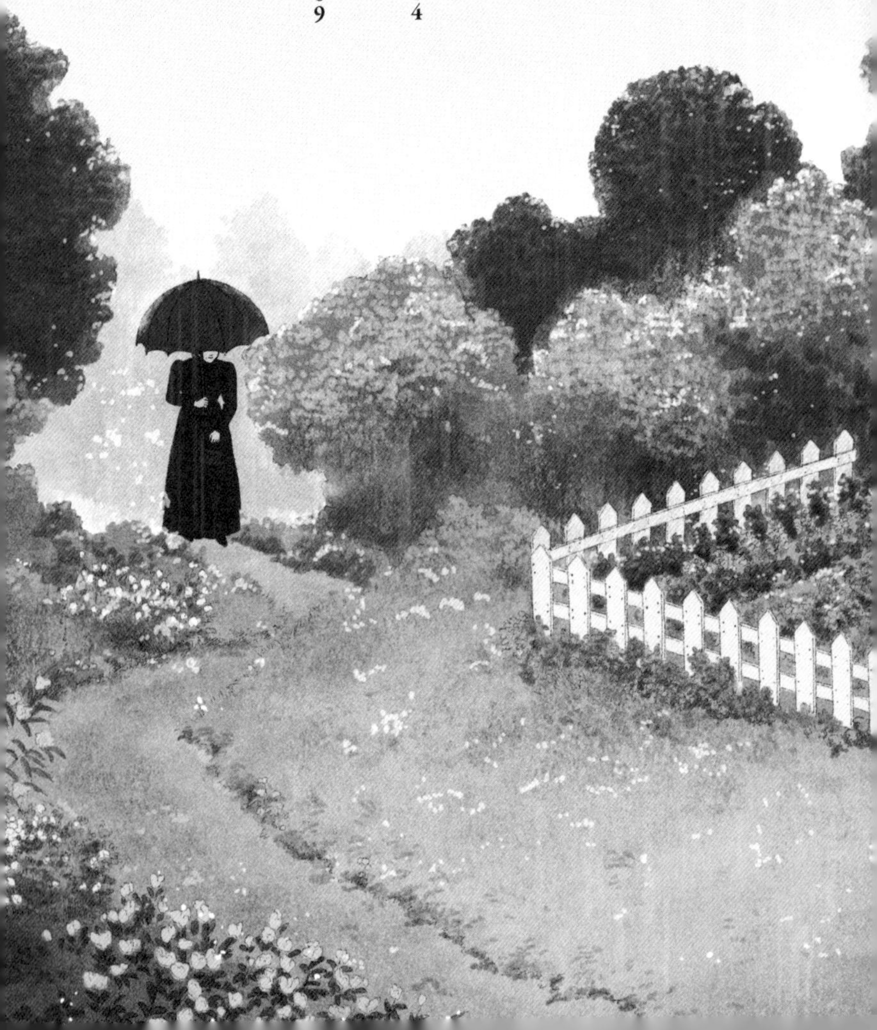

달팽이
식당

음식점 아르바이트를 마치고 돌아오니 집이 텅 비었다. 아무도 없는 빈집이었다. 텔레비전도 세탁기도 냉장고도 형광등도 커튼도 현관 매트도 모조리 사라지고 없었다.

호실을 착각했나 잠시 생각했다. 하지만 다시 확인해 봐도 그곳은 인도 사람인 남자 친구와 같이 살던 사랑의 보금자리였다. 천장에 남은 하트 모양 얼룩이 빼박 증거였다.

부동산 중개소 아저씨가 처음 이 집을 안내해 주었을

때와 똑같은 느낌이다. 그때와 다른 점이라면 집 전체에 가람 마살라(매운맛이 강한 인도식 혼합 향신료) 냄새가 희미하게 남아 있고, 텅 빈 거실 한복판에 남자 친구가 사용하던 열쇠가 반짝이고 있는 것뿐.

고생해서 힘겹게 얻은 이 집에서, 우리는 밤이면 한 이불 속에서 나란히 손을 잡고 잤다. 남자 친구의 피부에서는 언제나 향긋한 향신료 냄새가 났다. 창에는 갠지스강 사진엽서를 여러 장 붙여 놓았다. 가끔 인도에서 오는 편지에 적힌 힌디어는 전혀 읽을 수 없었지만, 손가락으로 글씨를 더듬는 것만으로도 마치 인도에 있는 가족과 손을 잡고 있는 것처럼 따스한 기분이 들었다.

언젠가 남자 친구와 둘이서 인도에 가게 되겠지.

인도 결혼식은 어떤 느낌일까?

나는 망고라시(인도의 전통 요구르트)처럼 걸쭉하고 달콤한 꿈을 꾸면서 황홀해했다.

방에는 남자 친구와 함께 지낸 삼 년 치 추억과 귀중한 재산이 빼곡하게 차 있었다.

매일 밤, 남자 친구가 돌아오기를 기다리면서 요리를 만들었다.

싱크대는 작지만 타일로 돼 있고 모퉁이 집이어서 삼면이 창이었다. 아르바이트가 일찍 끝난 날 저녁, 오렌지색 저녁놀에 싸여 부엌일을 하는 기쁨은 무엇과도 바꾸기 어려운 행복이었다. 품질이 그리 좋진 않지만 가스 오븐도 있고, 부엌에는 창이 나 있어 혼자 밥 먹을 때 생선을 구워도 집에 냄새가 배지 않아서 좋았다.

익숙하게 사용하던 주방 도구도 많았다.

세상을 떠난 외할머니에게 물려받은 메이지 시대의 절구, 갓 지은 밥을 보온할 때 쓰는 노송나무 밥통, 처음 받은 아르바이트 월급으로 산 르크루제 무쇠 냄비, 교토의 젓가락 전문점에서 발견한 끝이 가느다랗고 긴 젓가락, 내 스무 살 생일에 유기농 레스토랑 점장이 선물해준 이탈리아제 소형 조리용 칼, 입으면 편안했던 삼베 앞치마, 가지자갈절임을 만들 때 빼놓을 수 없는 굵은 자갈, 모리오카까지 가서 사 온 남부 철기 프라이팬…….

밥그릇도 토스터도 쿠킹 시트도 싹 다 사라졌다. 큰 가구는 적었지만 주방 도구만큼은 넉넉했다. 전부 내 요리 파트너였다. 매달 아르바이트로 번 돈을 쪼개서, 값은 조금 비싸더라도 오래 쓸 수 있는 것으로 사 모았다.

겨우 손에 익기 시작했는데.

혹시나 하고 부엌 수납장 문을 하나씩 열어 안을 살폈다. 하지만 물건이 있었던 흔적만 남아 있을 뿐, 아무리 손을 넣고 휘저어 보아도 아무것도 잡히지 않는다. 몇 년 전, 할머니와 둘이서 하나하나 정성껏 닦아 담근 추억의 매실장아찌조차 병째 사라지고 없다.

오늘 밤 집에 돌아오면 채식주의자인 남자 친구와 함께 먹으려고 기대했던 풋콩과 쿠스쿠스(곡물 가루. 주로 밀가루를 말려 좁쌀 모양으로 만든 것)를 넣은 크림크로켓 재료까지도.

그때 퍼뜩 생각난 게 있어서, 현관까지 한달음에 달려가 양말 바람으로 뛰어나갔다.

남자 친구가 유일하게 먹을 줄 아는 것은 내가 만든 겨된장절임(누카즈케. 쌀겨에 소금과 물을 뒤섞어 발효시킨 후 통이나 독에 야채와 함께 담아 절인 것)이었다. 겨된장절임만큼은 매일 거르지 않고 먹었다. 할머니가 남겨 준 겨된장(겨와 소금, 효모 등을 이용해 만든 반죽)이 아니면 그 맛이 나지 않는다.

나는 항상 겨된장 항아리를 현관문 옆 가스계량기가

있는 좁은 공간에 넣어 두었다. 온도와 습도가 딱 적당하기 때문이다. 한여름에는 시원하고, 겨울에는 냉장고보다 온도가 높아서 겨된장을 보관하기에 안성맞춤이었다.

겨된장은 할머니의 소중한 유품이다.

제발요. 부디 겨된장만이라도 남아 있기를…….

기도하듯이 문을 열자, 어둠 속에서 낯익은 항아리가 다소곳이 나를 기다리고 있었다.

뚜껑을 열고 안을 확인했다. 분명히 오늘 아침, 내가 손으로 다독거려 놓은 모양 그대로 있다. 쌀겨 표면에는 연녹색을 띤 무잎도 보인다. 껍질을 벗기고 잎을 조금 남긴 뒤, 꽁무니에 열십자로 칼집을 넣어 담가 둔 순무는 달콤하고 싱싱하다.

무사해서 다행이다.

나는 양손으로 항아리를 들고 가슴에 꼭 껴안았다. 항아리는 서늘했다. 이제 내게는 이 겨된장밖에 의지할 것이 없다.

다시 뚜껑을 닫고, 묵직한 겨된장을 한 팔에 안은 채 방으로 돌아왔다. 그러고는 두고 간 열쇠를 발끝으로 집어 올리고, 다른 한 손으로 바구니를 든 다음 텅 빈 집을 뒤로했다.

등 뒤로 문이 쾅, 하고 영원히 닫히는가 싶을 정도로 큰 소리를 내며 닫혔다.

엘리베이터 대신 계단을 이용해 겨된장을 떨어뜨리지 않도록 조심하면서 한 걸음 한 걸음 천천히 내려와 밖으로 나왔다. 동쪽 하늘에 어중간한 모양의 달이 떠 있는 것이 보였다.

돌아보니 지은 지 삼십 년째인 낡은 다세대 주택이 어둠 속에서 괴수처럼 높다랗게 솟아 있었다.

집주인에게 수제 마들렌을 선물하고 보증인 없이 겨우 세를 얻었던 두 사람만의 사랑의 보금자리. 이제 더 이상 이곳에는 머물 수 없다.

나는 그대로 다세대 주택을 뒤로하고, 주인집에 들러 열쇠를 반납했다. 월말이어서 며칠 전에 다음 달 월세를 냈다. 집을 내놓을 때는 한 달 전에 말하면 되니까, 이대로 내가 떠나도 문제는 되지 않을 것이다. 어차피 이사를 나간 집처럼 가재도구는 아무것도 남아 있지 않다.

바깥에는 완전히 어둠이 내렸다. 손목시계도 휴대전

화도 없어서 시간도 모른다.

　나는 전철 몇 정거장 거리를 터덜터덜 걸어 버스 터미널로 향했다. 그리고 갖고 있던 돈 몇 푼을 탈탈 털어서 심야 고속버스 표를 샀다.

　열다섯 살 봄에 등을 돌린 이후 한 번도 발을 들여놓은 적 없었던 내 고향으로 가는 버스.

　심야 고속버스는 나와 겨된장과 바구니를 싣고 곧바로 출발했다.

　도시의 불빛이 차창 너머로 흘러간다.

　안녕.

　나는 마음속으로 손을 흔들었다.

　눈을 감자, 지금까지 일어난 일들이 늦가을 찬바람에 날리는 시든 나뭇잎처럼 의식 속을 떠돌아다녔다.

　산골짜기의 조용한 마을에 있는 우리 집은 풍요로운 자연 속에 있어서, 나는 그곳을 진심으로 사랑했다. 하지만 중학교 졸업식을 한 그날 밤, 나는 혼자 집을 나왔다. 지금과 마찬가지로 심야 고속버스를 타고.

　그 후 엄마와는 연하장만 주고받았다. 내가 집을 떠나고 나서 몇 년 뒤부터는, 친돈야(이상한 복장을 하고 악기를 울리면서 거리를 돌아다니며 선전하는 사람) 같은 차림을 한 엄마와 드레스를 입은 돼지가 사이좋게 연하장 속에 들어 있곤 했다.

도시로 온 나는 할머니 집에서 하숙했다.

잘 열리지도 닫히지도 않은 미닫이문을 덜그럭 열면서 "다녀왔습니다!" 외치며 들어가면, 부엌에서 일하던 할머니가 온화하게 웃는 얼굴로 반겨 주었다.

할머니는 엄마의 엄마다. 할머니는 변두리에 있는 낡은 단독 주택에서 화려하지는 않지만 계절의 변화와 하루하루의 시간을 소중히 여기면서 살고 있었다. 말씨가 곱고 행동이 고상한 할머니. 심지가 굳고 기모노가 잘 어울리는 사람이었다. 나는 그런 할머니를 무척 좋아했다.

문득 돌아보니, 눈 깜박할 사이에 도시에 온 지 십 년이 지났다.

물방울이 잔뜩 맺힌 창을 닦자 캄캄한 어둠 속에 내 얼굴이 비쳤다. 버스는 고층 빌딩이 늘어선 거리를 빠져나가 전속력으로 고속도로를 달렸다.

남자 친구와 사귄 후로 앞머리 말고는 한 번도 자르지 않아서, 양 갈래로 땋은 머리가 등 한가운데까지 내려왔다. 남자 친구가 긴 머리 여자를 좋아한다고 했기 때문이다.

어둠 속에 어렴풋이 비치는 내 눈을 바라보며 입을 크게 벌려 보았다. 마치 한입에 대량의 물고기를 삼키는 흑고래처럼 흑백의 경치를 잇달아 삼켰다.

그때, 나는 과거의 나와 눈이 마주쳤다. 그런 기분이 들었다.

찰나였지만, 코끝을 창에 묻고 도시의 불빛을 꿈꾸던 십 년 전의 어린 내가 반대 방향으로 달려가는 고속버스에 앉아 있는 것 같았다.

황급히 돌아보면서 스쳐 지나간 버스를 눈으로 좇았다. 하지만 버스 두 대는 맹렬한 속도로 각기 '과거'와 '미래'를 향해 멀어질 뿐이었고, 창에는 다시 물방울이 가득 찼다.

언제부터일까? 나는 요리사가 되기를 꿈꾸었다.

요리는 내 인생에서 어슴푸레한 어둠 속에 떠 있는 덧없는 무지개 같은 것이었다.

대도시에서 고군분투한 끝에 겨우 남들처럼 얘기하

고 웃을 수 있게 됐을 즈음, 할머니가 조용히 숨을 거두었다.

밤늦게 튀르키예 음식점에서 일을 마치고 집에 돌아오니, 밥상 위에 종이 냅킨으로 덮어 둔 도넛이 잔뜩 쌓여 있고 그 옆에서 할머니가 잠을 자듯 죽어 있었다.

할머니의 앙상한 가슴에 귀를 댔지만 아무 소리도 나지 않았다. 입과 코끝에 손바닥을 대 보아도 콧김이 느껴지지 않았다. 다시 살아날 가망은 없었다. 나는 누군가에게 서둘러 연락도 하지 않고, 적어도 하룻밤만이라도 할머니와 둘만의 시간을 보내기로 마음먹었다.

할머니는 점점 차갑게 굳어 갔고, 그 옆에서 나는 밤새 도넛을 먹었다. 반죽에 겨자씨를 넣고, 계핏가루와 흑설탕을 뿌린 그 달콤한 맛을 나는 평생 잊지 못할 것이다.

참기름으로 폭신하게 튀긴 한입 크기의 도넛을 볼이 미어지게 입에 넣을 때마다, 할머니와 뜰에서 볕을 쬐듯 따스하게 보낸 날들이 몽실몽실 비눗방울처럼 되살아났다.

겨된장 항아리를 섞는 할머니의 파란 혈관이 도드라

진 새하얀 손. 필사적으로 절구질을 하던 할머니의 동그랗고 작은 등. 간을 볼 때 손바닥에 조금 올려 놓고 입에 넣던 귀여운 옆얼굴.

그런 기억이 언제까지고 내 머릿속을 왔다 갔다 하며 떠나지 않았다.

인도 사람인 남자 친구를 만난 것은 그렇게 의기소침한 하루하루를 보내던 때였다.

그는 내가 아르바이트를 하던 튀르키예 음식점 옆 인도 음식점에서 평일에는 홀을 담당하고, 주말에는 벨리댄스 공연의 백밴드 뮤지션으로 일하고 있었다. 그와 나는 가게 뒤에 쓰레기를 버리러 갈 때마다 마주쳐서, 서로의 휴식 시간이나 일을 마치고 돌아갈 때 잠깐씩 대화를 나누게 됐다.

키가 크고 눈동자가 아름답고 착한 사람이었다. 나이는 나보다 약간 어리고 일본어를 조금 할 줄 알았다. 나는 그의 웃는 얼굴을 보거나 서툰 일본어를 듣는 그 순간만큼은 할머니가 이 세상에 없다는 절망 비슷한 상실감을 잊을 수 있었다.

그 시절을 떠올리면 마음속에 인도와 튀르키예가 아름답게 겹치며 떠오른다. 까무잡잡하고 눈이 맑은 전형적인 인도 사람 얼굴인 남자 친구가 콩이나 야채 카레를 먹고 있는 등 뒤로, 튀르키예의 파랗고 아름다운 바다나 타일 벽이 있는 모스크가 펼쳐졌다.

아마도 우리가 만난 장소가 그런 이미지를 만들어 낸 것 같다. 나는 그 튀르키예 음식점에서 가장 오래 아르바이트를 했다. 거의 오 년을. 매일 정식 사원 못잖게 일하고, 나중에는 본고장 튀르키예 출신의 주방장들과 함께 주방에서 솜씨를 발휘하기도 했다.

그 무렵은 이별과 만남이 단숨에 쓰나미처럼 찾아와서 체력도, 또 정신적으로도 하루하루를 견뎌 내기 바빴지만 돌이켜 보면 기적처럼 소중한 날들이었다.

거기까지 생각하다 나는 휴우, 하고 크게 한숨을 내쉬었다. 그 튀르키예 음식점에도 연락을 해야 한다.

빗방울로 흐려진 차창은 물안경처럼 심야 고속버스의 내부 모습을 비췄다. 십여 명밖에 안 되는 승객은 모두 좌석을 뒤로 젖히고 잠에 빠졌다. 맑고 푸른 어둠 속에 내 얼굴이 부옇게 비쳤다.

곧 날이 샐 것 같았다.

기분 전환 삼아 창을 조금 열어 보니, 하늘이 조금씩 밝아 오고 있었다.

바람 속에 희미하게 섞여 있는 바다 냄새.

등을 폈더니 풍차가 돌고 있는 것이 보였다. 드넓은 초원에 하얀 풍차 몇 개가 빙글빙글 맹렬한 속도로 돌고 있다.

모공으로 찬 기운이 스며들어 나는 순간 부르르 몸서리를 쳤다. 무릎까지 오는 스커트에 긴 양말, 위에는 긴팔 티셔츠만 한 장 걸치고 있어서 추위에 손끝이 곱았다.

심야 고속버스는 곧 종점인 터미널에 도착한다.

멀리서 비 냄새가 났다.

완전히 영락한 역 앞 로터리에서 버스를 내렸다.

집을 떠난 것이 엊그제 일처럼 느껴질 만큼 풍경은 거의 달라지지 않았다. 색연필로 그린 풍경화를 지우개로 지운 것처럼 그저 전체적으로 색채만 허옇게 바랬을 뿐.

갈아타야 할 승합 버스가 출발하려면 한 시간가량 남아서, 근처 편의점에 들어가 남은 동전으로 단어 카드와 검은색 매직펜을 샀다. 편의점만큼은 새것 냄새가 나고, 바닥은 왁스로 닦아 반질거렸다.

구입한 단어 카드에 지금부터 필요할 일상 단어를 한 장에 한 문장씩 또박또박 읽기 쉬운 글씨로 써 나갔다.

안녕하세요?

날씨가 좋네요.

잘 지냈어요?

이것 주세요.

고맙습니다.

처음 뵙겠습니다.

안녕히 가세요.

부탁합니다.

미안합니다. 실례했습니다.

플리즈.

얼마예요?

나는 어떤 사실을 깨달았다.

어젯밤 창구에서 심야 고속버스 표를 살 때, 아니 주인에게 열쇠를 돌려주러 갔을 때, 아니 실은, 텅 빈 집의 문을 연 순간부터.

내 목소리가 투명해졌다는 것을.

간단히 말하면 정신적 충격에서 오는 일종의 히스테리 증상일지도 모른다.

말이 나오지 않는 것은 아니었다.

목소리만 내 몸의 조직에서 쏙 빠져나간 것이다. 라디오 음량을 '0'으로 둔 것처럼. 음악과 소리는 나오는데 밖으로 들리지는 않는다.

나는 목소리를 잃었다.

조금 놀랐지만 슬프지는 않았다. 아프지도 가렵지도 힘들지도 않다. 그저 그만큼 몸이 가벼워진 느낌이 들었다. 게다가 이제 아무하고도 말하고 싶지 않았으므로 차라리 잘됐다고 생각했다.

나는 내게만 들리는 마음의 소리에 귀를 기울이려고 한다. 그렇게 해야만 한다, 꼭.

하지만 이십오 년간 살아온 만큼 현실적으로 남과 교

류하지 않으면 살아갈 수 없다는 것 역시 알고 있었다.

마지막 한 장에,

저는 지금 사연이 있어서 목소리가 나오지 않습니다.

라고 썼다.

그리고 초라한 승합 버스에 올라탔다.

깊은 밤을 오로지 달리기만 하는 고속버스와 달리, 내가 탄 승합 버스는 아주 천천히 나아갔다. 날이 새자 뱃속의 벌레들이 소란을 피웠다. 어제 낮에 먹다 남긴 주먹밥이 문득 생각나서 바구니에서 꺼냈다. 이제 바구니에는 동전만 남은 지갑과 손수건, 휴지밖에 없다.

생활비를 아끼느라 매일 아침 주먹밥을 만들어서 일터에 가져갔다. 튀르키예 음식점에서는 점심을 먹는 데도 돈이 들었다.

허리띠를 졸라매고 살았던 것은 언젠가 남자 친구와 동업으로 열기로 한 음식점 자금을 모으기 위해서…… 그다음이 '였다'인지, 아니면 현재진행형 '이다'인지 생각하려고 하니 머릿속에 새하얀 페인트가 흘러들기 시작했다.

창업 자금을 위한 돈은 은행이 아니라 집 안 벽장에 보관해 두었다. 십만 엔씩 다발로 묶어서, 백만 엔이 모이면 봉투에 넣어 셀로판테이프로 봉했다. 그 봉투들을 평소에 사용하지 않는 이불 사이에 숨겨 두었다. 구두쇠 짓을 하며 알뜰히 모은 백만 엔짜리 봉투는 한 개가 아니었다. 떠올리려고 하니 또 그 순간, 머릿속에 새하얀 페인트가 흘러들었다.

꼬깃꼬깃한 은박지를 펼치자 안에서 반쯤 찌그러진 주먹밥이 얼굴을 내민다. 손에 들고 입에 넣자 서먹서먹한 맛이 났다. 이것은 할머니와 담근 진짜 마지막 매실 장아찌였다.

곰팡이가 생기지 않도록 밤마다 교대로 순찰했다. 삼복더위 동안 볕에 내놓고 말릴 때는 삼 일이나 툇마루에 펼쳐 놓고 몇 시간마다 한 번씩 매실을 뒤집고는, 그때마다 손가락 끝으로 주물러 섬유질을 부드럽게 했다. 차조기를 사용하지 않아도 할머니가 절이면 매실은 점점 분홍빛으로 물들어 갔다.

마지막 매실장아찌를 입에 문 채 나는 한동안 꼼짝 않고 있었다. 신맛이 몸속 깊숙한 곳까지 전해졌다. 입 안의 그것은 내게 비밀의 보석만큼이나 가치 있는 무엇이었다. 할머니와 보낸 날들이 가슴에 스며들었다. 눈물이 쏟아질 것 같았지만 목 언저리에서 막혔다.

요리의 세계로 부드럽게 손을 이끌어 준 사람은 할머니였다.

처음에는 보기만 했던 나도 차츰 할머니와 함께 부엌에 들어가서 요리하는 법을 배우게 됐다. 할머니는 그리 많은 말로 설명하지 않았지만, 만드는 과정에서 일일이 간을 보게 해 주었다. 나는 씹을 때의 질감과 혀에 닿는 감촉, 소금의 양 등을 조금씩 내 혀로 익혀 갔다.

본가에 있을 때는 요리를 한다고 해 봐야 전자레인지로 데우거나 통조림을 따는 정도였다. 하지만 그것은 큰 잘못이었다. 할머니는 겨된장도 간장도 무말랭이도 모두 당신 손으로 만들었다. 된장국 한 숟가락에도 멸치나 가다랑어, 콩과 누룩 등 많은 생명이 포함돼 있다는 것을 처음 알았을 때는 정말이지 놀랐다.

부엌에 서 있는 할머니의 모습은 신비롭고 아름다운

빛으로 싸여 있어서, 나는 그 모습을 멀리서 멍하니 보는 것만으로도 평온한 기분이 들었다. 옆에서 돕고 있으면 나 역시 뭔가 신성한 일에 참여하고 있다는 느낌이 들었다.

할머니가 말하는 '적당'이라는 표현은 요리에 익숙하지 않은 나로서는 감을 잡을 수 없었다. 하지만 서서히 나도 그 의미를 알게 됐다. 할머니는 딱 좋은 상태를 '적당'이라는 여유로운 말로 표현했다.

매실장아찌는 어느새 조금씩 녹아서, 이윽고 혀 위에는 조그만 씨와 할머니와의 추억만이 남았다.

도시에서는 여름 끝자락이었는데, 여기는 이미 본격적인 가을이 찾아왔다. 주먹밥을 먹고 나니 더 추워져서 승합 버스 제일 뒷자리에서 몸을 달달 떨었다. 따끈한 음료수를 마시고 싶었지만 버스를 탄 후였고, 어차피 살 돈도 남아 있지 않았다.

나는 겨된장 항아리를 아기처럼 무릎에 놓고 꼬옥 안았다. 그러고 있으니 조금이나마 따뜻해지는 것 같았다.

차창에 이마를 대고 바깥을 바라보았다.

점점 잊어 가던 고향의 지도가, 사진을 현상하듯 시간

을 들여 찬찬히 되살아났다. 머릿속에 있던 옛날 지도에 새로 지은 집과 새로 지은 가게를 추가한다.

승합 버스는 시내를 지나 깊은 산속으로 들어갔다. 긴장하고 있는지 심장이 두근두근 뛰었다.

버스가 모퉁이를 돌 때마다 '유방산'이 조그맣게 보였다. 도톰하니 부푼 산이 두 개, 서로 기대듯이 나란히 서 있다. 양쪽 다 높이도 같고, 똑같이 정상에 바위가 서 있다. 그 모습이 멀리서 보면 누워 있는 여자의 유방처럼 보인다고 해서 마을 사람들은 옛날부터 유방산이라고 불렀다.

그리고 일본에서도 손꼽히는 번지 점프대가 유방산 골짜기, 그러니까 유방과 유방 사이를 잇는 계곡에 만들어졌다. 몇 년 전 그 사실이 화제가 됐을 때 우연히 본 뉴스를 통해 나도 알게 됐다.

차 한 대가 간신히 지나갈 정도로 좁은 산길 양쪽에는 '어서 오세요! 번지 점프 마을로!'라고 쓰인 진분홍색 화려한 깃발이 눈에 띈다. 장소에 어울리지 않는 커다란 간판도 있다. 보나 마나 네오콘이 관련돼 있을 것이 뻔하다.

버스에서 내릴 때 나는 얼른 '감사합니다' 카드를 꺼내 보이고, 버스 운전사와 헤어졌다. 눈앞에 '어서 오세요! 번지 점프 마을로!' 글씨가 펄럭였다.

흐린 하늘에서 비가 후둑후둑 떨어지기 시작했다. 나는 오른손으로 겨된장을 안고 왼손에 바구니를 꼭 든 채 본가를 향해 걸었다.

도중에 오줌이 마려워서 풀숲에서 볼일을 봤다. 인구 오천 명 남짓한 마을이라 이런 산길에서 사람을 만나는 일은 좀처럼 없다. 쫘, 하고 오줌을 누고 있으니 어디선가 청개구리가 나타나서 나를 빤히 보았다. 청개구리에게 손가락을 내밀자 차가운 발로 내 손바닥에 매달린다.

청개구리와도 이별하고 다시 산길을 걸었다. 삼나무가 이어진 산길을 걷고 있으니 다람쥐가 커다란 꼬리를 감은 채 눈앞을 지나갔다.

점점 유방산이 가까워졌다. 몸이 중심에서부터 무섭게 떨렸다.

나는 양손에 겨된장과 바구니를 든 채 한참 동안 본가 앞에 우두커니 서 있었다. 마을 사람들은 이 건물을 루리코 궁전이라고 부른다. 루리코는 엄마 이름으로, 넓은 땅에는 본채 외에 엄마가 경영하는 작은 술집 '아무르'와 창고, 밭 등이 드문드문 있다. 여기에는 엄마와 보낸 날들이 밀푀유처럼 몇 겹으로 포개져 있다.

문 앞에는 새로 심은 커다란 종려나무가 위축된 듯 비스듬히 서 있었다. 환경이 맞지 않는지 아래쪽 잎들은 이미 시들어서 누렇다. 주위가 숲으로 둘러싸인 가운데 반듯하게 갈아 놓은 이 땅은 원래 엄마의 남자 친구인 네오콘의 소유였다.

상공에서 재를 고르게 뿌린 듯 전체적으로 칙칙한 색에다 눈에 띄는 곳에만 대충 돈을 들인, 알고 보면 날림 공사로 지은 어중간한 대저택. 나는 이 집을 불도저 같은 것으로 밀어 버릴 수만 있다면 지금이라도 산산이 가루로 만들어 주고 싶다.

네오콘은 이 지역에서 비교적 유명한 네오 쓰네오 콘크리트 건설의 사장인데 나는 초등학생 때부터 그를 네오콘이라고 불렀다. 나는 사생아로 태어나서 아빠가 누군지 모르지만, 절대로 네오콘만은 아닐 거라고 믿고 싶다.

엄마에게 들키지 않도록 소리를 내지 않은 채 본채와
아무르 앞을 지나서 곧장 뒤쪽 텃밭을 향해 걸었다.

도박을 하고 있다.

만약 엄마의 비상금을 발견한다면 이대로 그 돈을 갖
고 도망쳐서, 한 번 더 어딘가 낯선 지방으로 가려고 마
음먹었다. 엄마는 은행을 절대로 신용하지 않아서 돈이
든 샴페인 병을 밭에다 묻는다. 어느 날 밤중에 우연히
그 모습을 목격해서 알고 있다. 하지만 비상금을 발견하
지 못한다면……

나는 밭으로 들어갔다. 하늘은 점점 잿빛이 짙어지며
후드득후드득 우박 같은 빗방울이 떨어졌다. 비가 본격
적으로 내리기 시작했다.

엄마는 농사에 조금도 흥미가 없을 텐데 밭에는 야채
가 심어져 있다. 네오콘 말고 또 다른 남자 친구가 밭을
갈아 주었는지도 모른다. 눈앞에는 커다란 토란 잎이 무
성하다. 그 외에도 파와 무, 당근 등이 자라고 있었다.
지금 당장이라도 요리를 만들고 싶은 기분이 들었다. 하
지만 그런 짓을 하고 있을 때가 아니다.

나는 일부러 세워 놓은 것 같은 허수아비의 발밑을
팠다.

사람들은 설마 그렇게 눈에 띄는 장소에 중요한 것을
묻지 않았을 거라고 생각한다. 그렇게 생각하게 만든 후
대담한 행동을 하는 것이 바로 엄마의 성격이다.

기대와 달리 그곳에서 나온 것은 예전에 내가 묻은
보물 상자였다.

처음에는 흙투성이어서 알아보지 못했지만, 손으로
흙을 털어 내는 동안에 그 비스킷 깡통이 낯익다는 것
을 깨달았다.

조심조심 보물 상자 뚜껑을 열었다.

안까지 곰팡이가 가득.

그리고 나는 추억의 물건들과 오랜만에 재회했다.

물총은 내가 항상 가지고 다니던 것이었다. 안에 주스
를 넣고 그걸 조금 멀리서 입에다 쭉 쏜 후 받아먹기도
하고, 축제 때 산 거북이에게 샤워를 시켜 주기도 하고,
꽃에 물을 주기도 했다. 요요는 할 일이 없거나 지루할
때 곧잘 가지고 놀았다. 나는 집 근처에 있는 무화과나
무에 올라가서 편안한 가지에 걸터앉아 요요를 즐겼다.

'엄마'라고 쓴 하얀 돌. 이건 엄마에게 야단맞아서 기분이 안 좋을 때, 콘크리트 바닥에 냅다 내던져서 기분 전환을 하는 데 썼던 소중한 도구다. 뒤에는 크레파스로 엄마의 눈과 코와 입을 그려 놓았다.

그 외에 판다 인형과 처음 먹어 본 외국 초콜릿을 쌌던 예쁜 금색 종이, 달콤한 향기가 나던 지우개, 길에 떨어져 있던 나비의 날개, 탈피한 뱀의 허물, 다 먹고 난 바지락조개 껍데기 등 아무 데도 쓸모없는 것까지 잔뜩 들어 있었다.

나는 그 물건들을 손에 들고 밭 한가운데 우두커니 멈춰 있었다. 눈을 감자 그 시절이 되살아났다. 간식을 먹는 것도, 밥을 먹는 것도, 텔레비전을 보는 것도, 숙제하는 것도, 목욕하는 것도, 자는 것도, 모두 혼자했던 그 시절.

엄마는 언제나 아무르에서 교태를 부리며 손님을 상대하느라 바빴다.

오랜만에 요요를 해 보고 싶어서 실을 둘둘 말며 일어섰을 때 본채 현관 앞에서 쾅, 하고 큰 소리가 나더니 동그랗고 하얀 덩어리가 부리나케 나를 향해 달려왔다.

연하장 사진에서 보았던 진짜 돼지였다. 놈이 투우처럼 나를 향해 돌진해 왔다.

'앗!' 하고 생각했을 때는 이미 돼지가 바로 눈앞까지 와 있었다. 내가 집을 나온 후 엄마는 줄곧 이 돼지와 함께 살았다. 돼지는 사진을 보고 상상했던 것보다 훨씬 컸고, 가까이서 보니 상당히 박력이 있다.

나는 반사적으로 뛰었다. 돼지는 생각보다 훨씬 발이 빨랐다. 몇 번이고 야채에 걸려 넘어질 뻔하면서 필사적으로 도망쳤다.

도중에 한쪽 신발이 벗겨졌지만 그냥 버려둔 채 계속 달렸다. 돼지 코끝이 엉덩이에 닿을 때마다 이렇게 잡아먹히고 마는 것인가 싶어 소름이 끼쳤다. 돼지는 잡식성이니까 사람도 먹을지 모른다. 옷은 흙투성이가 되고, 원래 체력이 약한 나는 이내 숨이 차서 헉헉거렸다.

하지만 최악은 그때부터였다. 소동을 들은 엄마가 "도둑이야! 도둑!" 하고 큰 소리를 지르면서 뛰쳐나왔다. 야행성이니 아직 자고 있었을 것이다. 레이스가 달린 네글리제에 검고 긴 신발을 신은 엄마가 손에 낫을 들고 나를 향해 왔다. 아직 나라는 것을 알아차리지 못한 듯했다.

열 살이나 나이를 더 먹은 데다 화장기가 전혀 없는 민낯의 엄마는, 얼굴 윤곽이 뚜렷한 탓에 성형을 한 중년의 여장 남자 같았다. 나는 소리도 내지 못하고 조용히 저항했다. 밭의 흙냄새와 엄마의 향수 냄새가 뒤섞여 속이 울렁거렸다.

눈이 나쁜 엄마가 겨우 나를 알아본 것은, 땅에 넘어진 내 배를 향해 낫을 들어 올린 바로 그 순간이었다.

그러고 보니 비가 미친 듯이 내리고, 바람도 세차게 불고 있었다. 엄마도 나도 흠뻑 젖었다. 브래지어를 하지 않은 엄마의 가슴이 네글리제의 얇은 천 너머로 동그랗게 보였다. 여전히 유방산처럼 풍만한 유방이다.

나는 단어 카드는 잊고, 밭에 엉덩방아를 찧은 채 멍하니 입을 벌리고 엄마를 보았다. 엄마는 어깨를 심하게 들썩거렸고, 입에서는 하얀 김이 뿜어져 나와 마치 괴수 같았다.

잠시 눈과 눈이 마주쳤다. 하지만 엄마는 아무 말도 하지 않고 집으로 향했다.

현관까지 갔을 때였다. 엄마가 내 쪽을 돌아보며 희미하게 턱을 움직였다. 돼지도 태엽 같은 꼬리를 흔들면서 엄마 뒤를 뒤뚱뒤뚱 따라갔다.

내 옷은 완전히 흙투성이가 됐다.

기대했던 엄마의 비상금을 발견하지 못한 데다, 당사자인 엄마에게 들키기까지 한 그야말로 최악의 결과였다. 이렇게 된 이상, 다른 지방으로 가서 새로운 생활을 시작하는 것은 불가능하다. 터미널로 돌아가는 승합 버스를 탈 버스비조차 없는 걸. 앞으로 내가 갈 수 있는 장소라곤, 정말로 그곳밖에 남아 있지 않았다.

나는 결심을 하고 일어섰다. 그리고 아까 발견한 보물상자를 원래대로 땅속에 다시 묻고 나서 벗겨진 한쪽 신발을 찾으러 갔다. 이어 나는 양손에 겨된장 항아리와 바구니를 들고 마지못해 엄마의 집에 '실례'했다. 입안에 서서히 흙냄새가 번져 갔다.

십 년 만에 들어가는 집.

돼지는 본채 옆에 지은 훌륭한 우리에서 살고 있다.

돼지우리 문에는 커다랗게 '엘메스'라고 적힌 이름표가 걸려 있었다.

목욕을 한 후 엄마가 끓여 준 미지근하고 신맛이 나

는 인스턴트커피를 마시면서, 나는 신문에 끼워져 있던 전단 뒷면을 이용해 엄마와 필담을 나눴다. 옷은 엄마가 파자마를 꺼내 주었다. 파자마 섬유에까지 강렬한 향수 냄새가 배어 있다.

어째선지 엄마도 소리를 내지 않고 색이 다른 볼펜으로 전단 뒷면에 글을 썼다.

까맣게 잊고 있었는데, 엄마는 의외로 글씨를 잘 썼다. 반면에 나는 긴장한 데다 주눅이 들어 손에 좀처럼 힘이 들어가질 않았다. 그래서 조그맣고 볼품없는, 빈사 상태의 지렁이 같은 글씨밖에 쓸 수가 없었다.

고타쓰에 들어가 마주 앉아서 교대로 글을 주고받았다. 나와 엄마 사이에는 십 년이라는 시간의 산이 꼭대기가 보이지 않을 정도로 높디높게 솟아 있었다.

철썩철썩 채찍을 휘두르듯이 빗소리가 울리는 가운데, 필담은 한 시간 이상 계속됐다.

어쨌든 나는 무일푼이다. 일단 엄마에게 돈을 빌려 달라고 부탁해 보았지만 예상대로 단호히 거절했다. 하지만 엄마도 딸에게 노숙자 생활을 시키기는 싫었는지 내가 집으로 돌아오는 것을 마지못해 허락해 주었다.

조건은 엘메스 돌보기.

물론 식비, 난방비, 월세 등은 별도로 내야 한다.

그러기 위해서라도 나는 일을 하지 않을 수 없다. 하지만 일자리를 찾으려고 해도 이곳은 소외되고 외진 농촌이다. 아마 번지 점프 관련 일자리도 대기자가 꽉 차 있을 것이다.

어떻게 해야 하나 생각하던 중에 문득, 이 집 창고를 빌려서 작은 식당을 열면 어떨까 하는 아이디어가 번뜩였다. 창고라고 해도 예전에 모델 하우스로 썼던 가건물을 네오콘이 가지고 온 것이어서, 건물은 멀쩡하고 내부도 넓다. 창고로 쓰기에는 너무 훌륭한 건물이다.

게다가 일자리를 찾는다 해도 나는 요리 말고는 할 줄 아는 것이 없다.

그러나 요리라면 잘할 수 있다. 그것만큼은 자신 있다.

또 만약 이 산골짜기 조용한 마을에서 요리를 만드는 일이 정말 실현된다면, 나는 이번에야말로 이 땅에 제대로 발붙이고 살 수 있다. 그런 예감이 몸속 저 밑에서 용암처럼 솟구쳐 올랐다.

가재도구도, 조리 기구도, 돈도, 갖고 있던 것은 모두 잃어버렸다. 하지만 내게는 이 몸뚱이가 남아 있다.

할머니에게 물려받은 레시피들은 매실이 들어간 머위 긴피라(우엉을 잘게 썰어 기름에 볶고 간장 등으로 조미한 요리)도, 식초 맛을 확실하게 살린 우엉조림도, 야채를 듬뿍 넣은 바라즈시(초밥과 생선 등 재료를 섞어서 그릇에 담아낸 요리)도, 육수 맛을 잘 낸 부드러운 계란찜도, 계란 흰자만으로 응고한 우유푸딩도, 콩가루만주도 모두 내 혀에 남아 있다.

커피숍, 이자카야, 꼬치구이 집, 유기농 레스토랑, 인기 카페, 튀르키예 음식점……. 다양한 음식점에서 쌓아 온 경험도 내 몸에, 피와 살과 손톱 사이에 나이테처럼 새겨졌다.

설령 옷을 벗겨 알몸이 된다 해도 요리를 만드는 일이라면 할 수 있다.

나는 일생일대의 각오를 하고 엄마에게 부탁했다.

부탁이야.

열심히 할 테니, 창고를 빌려줄 수 있을까?

이렇게 종이에 써서 엄마에게 공손히 건넸다.

그리고 두 손바닥을 다다미에 찰싹 붙인 채 머리를 조아리며 절을 했다.

도중에 포기하지 말고 끝까지 해라.

내가 머리를 들자 그렇게 적힌 흐르는 듯한 글씨가 눈에 들어왔다.

엄마는 내가 그것을 다 읽는 모습을 보더니, 하품하며 다시 잠을 청하러 자기 침실로 돌아갔다.

나는 조용한 산골 마을에서 요리사가 되기로 했다.

창업 자금은 엄마가 사채 못지않은 높은 이자로 빌려 주기로 했다.

내 가게를 갖는 것은, 나의 오랜 꿈.

남자 친구까지 포함해 모든 것을 잃어버린 상처는 헤아릴 수 없이 컸지만, 그 일을 계기로 인생이 크게 한 걸음 전진했다. 일이 이렇게 전개될 줄은 불과 하루 전까지만 해도 예상하지 못했다.

오랜만에 내 방에 가 보았다. 모두 처분했을 거라고 생각했는데 아직 그대로였다. 옷장을 열자 체육복이 얼굴을 내밀었다. 엄마에게 빌린 파자마를 벗고 그걸로 갈아입었다. 양쪽에 하얀 줄이 들어간 연지색 저지는 몸에 좀 붙긴 했지만 십 년이 지나도 아직 입을 만했다.

나는 가지고 온 겨된장을 부엌의 통풍이 잘되는 곳으로 얼른 가져갔다.

엄마가 관리하는 부엌은 여전히 엉망이었다. 싱크대는 더럽고 수세미에는 곰팡이가 피어 있었다. 쓰레기 분리수거도 제대로 하고 있지 않다. 식탁에는 이 지역에서만 파는 컵라면이 아무렇게나 뒹굴었다.

할머니가 소중히 여겼던 부엌과는 완전히 달랐다. 서랍을 열어 보니 너무나 오랜 세월이 지난 듯한 김이 투명한 봉지 속에서 윤기를 잃은 채 축 늘어져 있었다. 나는 그걸 안 본 것으로 하고 바로 서랍을 닫았다.

하지만 그 불쾌감보다 그저 겨된장이 무사하다는 감사함만이 가슴속에 미온수처럼 가득 찼다. 솔직히 그때까지는 긴장해서 그 사실을 미처 생각할 여유가 없었다.

할머니의 유품인 겨된장.

그렇게 말해도 과언이 아니다.

"지진도 전쟁도 다 면했단다."

나란히 함께 겨된장을 들여다볼 때면 할머니는 그렇게 자랑하곤 했다. 메이지 시대에 태어난 할머니가 어머니에게 물려받은 것이니, 아마 에도 시대부터 대대로 내려오는 겨된장일 것이다. 만들려고 해도 만들 수 없고, 사고 싶어도 살 수 없다. 여기에 넣어 두는 것만으로 야채가 기뻐하고, 맛있는 음식으로 변하는 마법의 침대다.

내가 물려받은 후에도 된장국 육수를 내고 난 가다랑어와 멸치, 귤껍질을 더 넣고 늘 정성스럽게 섞어 주었다. 가끔 맥주나 식빵을 넣어 유산균을 활성화시켰다. 언젠가 할머니가 자랑스럽게 가르쳐 준 적이 있다. 사람들이 저마다 가진 유산균이 다른데 남자보다 여자, 특히 아이를 낳은 후 여자의 손바닥에서 나오는 유산균이 가장 좋은 거라고.

겨된장 항아리 뚜껑을 살짝 열자 할머니 냄새가 났다.

비가 그치기를 기다렸다가 오랜만에 동네를 걸어 보기로 했다.

머릿속에는 새로 열 가게에 대한 아이디어가 조금씩 떠올랐다. 자고 있을 때가 아니다. 머릿속이 환해서 조금도 졸리지 않았다. 그리고 제일 먼저 만나고 싶은 나무가 있었다.

짐승이 다니는 길을 헤치며 뒷산 쪽으로, 추억 속 그 장소까지 단숨에 뛰어 올라갔다. 나지막한 언덕을 이룬 그곳에는 한층 멋지게 자란 무화과나무가 서 있었다. 지난 십 년 동안 엄마가 보고 싶다는 생각은 한 적이 없지만, 이 무화과나무는 너무 보고 싶어서 몇 번이나 꿈에서 찾아 헤맸다.

내가 정말로 마음을 허락한 것은 엄마도 동급생도 아닌, 이 산의 자연뿐이었다.

스물다섯 살이 된 지금은 그 시절보다 체중이 늘었지만, 그래도 옛날처럼 나무에 오를 수 있었다. 십 년이 지나 나무 둥치는 조금 굵어졌다. 가지도 전보다 늠름해졌다. 무화과나무 역시 나를 만나 기뻐하는 듯했다.

나무줄기에 귀를 가까이 가져가니 제법 따뜻했다. 호화로운 장식이 달린 크리스마스트리처럼 비취색 열매가 가지가 휠 정도로 달려 있다. 팔을 뻗쳐 손가락 끝으로 더듬어 보니, 열매는 양팔로 양다리를 안고 잔뜩 웅크린 아이의 등처럼 단단하다.

하늘에는 양파 껍질처럼 반투명한 구름이 찰싹 붙어 있었다. 방금 내린 비로 샤워한 숲의 나무와 풀꽃들이 반짝반짝 빛났다.

마을에 번지 점프대가 생기긴 했지만, 여기서 보이는 풍경은 십 년 전과 거의 달라진 것이 없었다.

주머니에서 가위를 꺼냈다. 왼손으로 앞머리를 잡고 오른손에 든 가위로 과감하게 윗부분을 잘랐다. 싹둑, 하고 경쾌한 소리가 나면서 앞머리가 내 몸에서 잘려 나갔다.

앞머리뿐 아니라 옆머리와 뒷머리도 왼손으로 잡고, 한 묶음이 된 그것을 싹둑 잘라 냈다. 일 밀리그램이라도 가볍게 하고 싶었다. 자른 머리카락을 손바닥 사이로 흘리자, 술술 미끄러져 바람에 날리면서 바닥을 향해 퍼져 갔다.

요리사에게 긴 머리카락은 필요 없다. 나는 적당히 손으로 빗질을 하면서 머리를 잘랐다. 등 한가운데까지 내려오던 머리는 눈 깜짝할 사이에 짧은 머리가 됐다. 정말로 머리가 훨씬 가벼워졌다.

머리를 짧게 자르고 나서, 멀리 솟아 있는 유방산을 보며 다리를 건들건들 흔들고 있을 때였다.

"어이."

아래쪽에서 웬 남자 목소리가 들렸다.

무화과나무 잎과 잎 틈새로 내려다보니 베이지색 작업복 차림으로 멀뚱히 서 있는 낯익은 사람은 구마 씨였다. 얼굴은 바위처럼 울퉁불퉁하고 무섭게 생겼지만 심지는 부드럽다. 소문에는 본명이 구마기치라는 것 같았지만, 이 지역 사람들은 모두 '구마 씨'라고 불렀다.

내가 초등학교에 다닐 때 학교에 임시 직원으로 있던 구마 씨는 아이들에게 아이돌 같은 존재였다. 겨울 눈길에 통학로를 만들어 주고, 운동회 준비를 해 주고, 깨진 유리창을 교체해 주는 사람도 구마 씨였다.

"어어어? 혹시 '링고' 아이가?"

그 순간 나는, 몸속이 시큼해지는 것을 느꼈다.

나는 엄마가 지어 준 내 이름이 싫다. 불륜 상대와의 사이에서 낳은 아이에게 '린코(倫子)'라니 정말 너무하다. 그래도 이 지역 사람들은 사투리를 쓰는 탓에 린코가

'링고(사과)'로 들려서 조금은 위로가 됐다.

구마 씨는 내 바로 아래까지 오더니 말똥말똥 나를 올려다보며 말했다.

"이래 마이 크고 예뻐졌네."

나는 얼른 바구니 속에서 단어 카드를 꺼내,

저는 지금 사연이 있어서 목소리가 나오지 않습니다.

라고 쓴 마지막 페이지를 펴서 구마 씨에게 보여 주었다.

구마 씨는 황급히 주머니에서 돋보기를 꺼내 읽으려고 했지만, 글씨가 너무 작아서 읽지 못했는지 아니면 무슨 말인지 이해되지 않는지 다시 나를 올려다보았다. 그리고 갑자기 생각난 듯이 불쑥 "동면쥐"라고 말했다.

나는 무화과나무에서 뛰어내려, 축축한 땅바닥에 구마 씨와 나란히 책상다리를 하고 앉았다. 구마 씨의 얼굴에도 내 얼굴에도 조리개로 물을 뿌리듯이 따스한 가을 햇살이 쏟아졌다. 조금 전까지만 해도 비가 그렇게 쏟아진 것이 거짓말 같았다.

동면쥐.

그날 나는 어째서 그렇게 울고 있었을까. 학교 복도에서 혼자 우는데 지나가던 구마 씨가 말을 걸었다. 그리고 구마 씨는 나를 등에 업고 평소에는 들어가지 못하는 직원실로 데려가 주었다. 우리 집에는 남자가 없어서, 구마 씨의 등이 내게는 무척 크고 따뜻하게 느껴졌다.

어두컴컴하고 독특한 냄새가 나는 그 좁은 공간에는 평소에는 만질 수 없는 도구가 잔뜩 쌓여 있었다. 난로 위에 놓인 주전자에서 보글보글 하얀 김이 올라왔다.

"링고, 이거 뭔지 아나?"

구마 씨는 손잡이가 양쪽에 달린 냄비를 선반에서 꺼냈다. 그걸 조용히 내 쪽으로 가져오더니, 긴장으로 굳어 있는 내게 뚜껑을 살짝 열어 보여 주었다. 안에 든 것은 밤색의 작은 생물이었다.

"동면쥐야."

구마 씨가 말했다.

"동면쥐?"

내가 맹맹거리는 콧소리로 그렇게 말하며 올려다보자, 구마 씨는 꾸깃꾸깃해진 얼굴로 빙그레 웃었다. 그리고 푹 잠든 동면쥐를 한 손으로 번쩍 들어서 내 손에 올려 주었다.

동면쥐는 꼼짝도 하지 않고 잠에 빠져 있었다. 어느새 나는 울음을 그쳤다.

까맣게 잊고 있던 기억이 갑자기 떠올랐다. 그때 손바닥에 닿았던 동면쥐의 감촉이 되살아났다. 나와 구마 씨는 그렇게 친해졌다.

나는 구마 씨에게서 단어 카드를 받아 들어,

잘 지냈어요?

페이지를 펼쳐서 다시 구마 씨에게 건넸다. 구마 씨는 묵묵히 몇 번 고개를 끄덕이더니, 내가 없는 사이 이 마을과 구마 씨에게 일어난 여러 가지 사건을 얘기하기 시작했다.

아마도 구마 씨는 내가 도시로 나가 있는 동안 아내를 얻은 것 같다. 아르헨티나 여자로 성격이 좋고 예뻤다고, 구마 씨는 동그란 눈을 반짝거리며 얘기했다.

구마 씨는 그 아내를 시뇨리타라고 불렀다. 제대로 된 발음이라면 세뇨리타일 것 같은데 사투리여서인지 원래 잘못 알고 있는지, 나한테는 시뇨리타라고 들렸다.

시뇨리타는 구마 씨보다 훨씬 연하였던 모양이다.

두 사람은 결혼을 하고 본가에서 구마 씨의 어머니와 함께 살았다고 한다. 그리고 바로 아이를 가졌다. 구마 씨가 눈이 크고 사랑스러운 여자아이의 사진을 보여 주었다.

하지만 행복한 결혼 생활은 그리 길지 않았다. 구마 씨의 어머니와 시뇨리타 사이가 슬슬 험악해지더니, 처음부터 도시를 동경했던 시뇨리타가 어느 날 딸을 데리고 마을을 떠났다고 한다.

구마 씨는 집안 대대로 이 지방에서 살아온 산 사나이다. 산에 관해서라면 뭐든 알고 있지만, 그 외에는 거의 모른다. 고향을 떠나 살아갈 수 있을지 걱정스러웠다.

게다가 늙은 모친을 버릴 수 없었다. 결국 구마 씨는 사랑하는 시뇨리타를 쫓아가는 것을 포기하고 이 조용한 산골 마을에 남았다. 지금은 늙은 모친과 구마 씨 그리고 '숙녀 산양'이라고 불리는 산양까지 세 식구만 외롭게 살고 있다.

벌떡 일어선 구마 씨가 작업복 가슴 주머니에서 칠엽
수 열매를 꺼내 나에게 주었다. 칠엽수 열매는 동그랗고
표면이 반짝반짝 빛났는데, 두 개를 손바닥에 넣고 굴리
면 서로 부딪쳐서 캐스터네츠처럼 마른 소리가 났다.

고맙습니다.

나는 서둘러 바구니에서 단어 카드를 꺼내 페이지를
넘기고 구마 씨에게 건넸다.

구마 씨는 '별것 아냐' 하는 얼굴로 웃더니, 커다란 등
을 흔들 듯 걸으며 산길을 돌아갔다.

걸을 때 살짝 왼쪽 발을 끄는 것은 옛날에 반달곰과
싸우다 얻은 훈장이다. 그것은 구마 씨의 무용담 중 하
나였다.

"칠엽수 열매는 소주에 담가 놓으면 찰과상 같은 데
잘 듣는데이."

길을 내려가던 도중에 구마 씨가 획 돌아서더니 큰
소리로 말했다. 구마 씨의 동그란 얼굴은 내게 동면쥐를

보여 주던 때와 마찬가지로 마구 구겨진 채 웃는 얼굴이 됐다.

나는 일어서서 무화과나무 옆으로 흐르는 작은 강가로 이동했다. 아까 거울도 보지 않고 머리를 잘라서, 어떻게 됐는지 확인하고 싶었다. 잡초가 난 흙 위에 무릎을 꿇고 조심스럽게 수면을 들여다보자, 머리카락이 짧아진 내 모습이 보였다.

인상은 제법 바뀌었지만 분명히 내 얼굴이다. 머리카락 사이로 손가락을 넣어 보았다. 전에는 찰랑찰랑 긴 머리카락이 엉켰는데 지금은 그냥 허공을 맴돈다.

나쁘지 않을지도 몰라. 계란 흰자로 머랭을 만든 것처럼 상큼한 기분이다.

강물을 양손으로 떠서 마시니 부드럽고 맑은 맛이 났다. 나는 젖은 손으로 한 번 더 머리카락을 다듬고 나서 일어났다. 무화과 잎 사이로 쏟아진 햇볕이 강바닥에 흩어졌다.

그리고 마음 가는 대로 터덜터덜, 마을을 산책하기로 했다.

아까 버스 정류장에서 걸어온 길로 되돌아가는데 십분 간격으로 "꺄악!" 하는 비명 소리가 들려왔다. 처음에는 무슨 사건이라도 났나 하고 놀랐지만, 잘 생각해 보니 그것은 번지 점프대가 있는 계곡 아래에서 울리는 절규였다.

사마귀도 으름덩굴도 오이풀도 모두 그 시절 모습 그대로다. 펜션이며 민박도 외벽이 더러워지고 녹슬긴 했지만, 창가에 수건이 몇 장 널려 있는 것을 보니 영업은 계속하는 것 같다. 길가에 서 있는 지장보살에게 깨끗한 앞가리개를 해 놓고, 꽃잎까지 싱싱하고 색깔도 선명한 국화가 빈 술병에 꽂혀 있다. 공양으로 올린 만주도 반짝반짝 빛이 났다.

강가에 죽 늘어선 공중목욕탕. 녹슨 가설 스트립쇼 극장. 자동판매기.

하나같이 반갑다고 막 간질여 주고 싶기도 하고 손바닥으로 꽉 쥐어 팡 터트리고 싶기도 한 풍경이다.

도로를 건너서 가게들이 늘어선 아케이드를 지났다. 군데군데 녹슬고 페인트가 벗겨진 지붕 위로 파란 하늘이 보였다. 이곳은 일찍이 온천가로 흥했던 지역이다.

몇십 년 전 갑자기 신비의 온천으로 유명해져서 전국에서 관광객이 몰려들었다. 하지만 교통도 불편하고 숙박 시설도 별로 없는 데다 지역에서 제대로 대응하지 못해서 온천 붐은 바로 시들해졌다.

아직 낮인데도 가게들은 대부분 셔터를 내렸다. 문득 할머니가 아끼던 셀룰로이드 인형이 생각났다. 인형은 눕히면 작은 소리를 내며 눈을 감았다. 하지만 완전히 감지는 않았다.

상점가 셔터도 그 인형 눈처럼 아래쪽이 조금 열려 있었다. 가게 문은 닫혔지만 안에는 사람이 생활하고 있을 것이다. 나는 상점가를 일일이 구경하면서 천천히 걸었다.

마을에서 유일한 양과자점 앞을 지나니 환기구에서 달콤한 냄새가 흘러나왔다. 수증기로 조금 흐려진 진열대 안에는 딸기 조각 케이크와 사바랭(프랑스식 구움과자)이 마치 견본처럼 옛날 모습 그대로 진열돼 있다. 술 취한 엄마가 침대에서 자고 있던 내 입에 곧잘 억지로 넣어 주려 하던 것이 바로, 이 가게의 푸딩 아라모드(푸딩 위에 각종 과일을 얹은 디저트)였다. 주인이 바뀌었는지 가게에는 낯선 여자가 서 있었다.

양과자점 옆 돈가스 가게는 닫혀 있었다. 셔터에 부음을 알리는 검은 테두리의 종이가 붙어 있고, '한동안 휴업합니다'라고 볼펜 글씨로 휘갈겨 쓰여 있었다. 종이에 적힌 날짜는 벌써 작년이었다.

돈가스 가게와 마찬가지로 책방과 안경 가게도 이미 망한 상태였다. 책방이었던 곳은 비디오 대여점으로 바뀌었지만 평범한 영화는 거의 없고, 입구에는 속옷 차림의 여자아이 포스터 같은 것이 창문 가득히 더덕더덕 붙어 있다. 그 옆에 '즐거운 가족 계획'이라는 문구가 있는 콘돔 자동판매기도 변함없이 얌전히 서 있다.

도로 건너편 대각선 방향 앞쪽에는 생활용품이라면 뭐든지 파는, 마을에서 유일한 슈퍼마켓이 한산하지만 영업을 계속하고 있었다.

바다 밑에서 시간이 멈춘 채 잠든 옛날 지방 도시 같다. 요로즈야 슈퍼마켓의 전기 간판이 생명 유지 장치처럼 깜박거렸다.

그래도 대충 둘러보니 식재료를 구하는 것은 별로 어렵지 않을 것 같았다.

계단식 논에는 무거운 듯이 머리를 숙인 벼가 황금빛으로 빛나고 있고, 산촌이다 보니 신선한 야채는 동물에게까지 돌아갈 만큼 많다. 도시처럼 정수기나 생수를 일부러 사지 않아도 근처 샘에 가면 차갑고 맛있는 물이 스물네 시간 솟아난다.

광대한 목장에는 소도 산양도 양도 있다. 신선한 우유도 부족할 일이 없다. 치즈도 만들 수 있다. 조금만 가면 양돈장과 양계장이 있어서 신선한 돼지고기와 닭고기, 계란도 구할 수 있다. 뭐니 뭐니 해도 이제부터 지비에(노루나 꿩 등 들짐승을 재료로 한 요리) 철이다. 사냥꾼에게 부탁하면 잡은 사냥물을 얻을 수 있을 것이다. 게다가 이 마을은 산으로 둘러싸였지만 바다도 가까워서, 차로 조금만 가면 신선한 해산물도 구할 수 있다.

산 뒤쪽의 가파른 언덕에는 포도밭이 펼쳐져 있어 지역산 와인도 쓸 만할 테고, 쌀과 물이 좋아서 맛있는 청주는 셀 수 없을 정도로 많다. 과수원과 허브 밭도 있다. 이 마을에는 알려지진 않았지만 좋은 식재료를 만드는 생산자가 분명히 있을 것 같은 느낌이 든다. 시골에서는 손에 넣기 힘든 양질의 올리브유 같은 특별한 식재료들만 인터넷으로 주문하면 된다. 다행히 엄마도 남들처럼 인터넷을 쓰는 듯하니, 부탁하면 컴퓨터 정도는 유료로 빌려주겠지.

둘러보니 바다, 산, 강, 밭.

모든 곳이 식재료의 보물 창고다. 도시에 비하면 꿈같이 은혜로운 환경이다.

새로 열 가게에 대한 아이디어가 연신 뭉실뭉실 떠올라, 머릿속에 화려한 마블 무늬가 생길 지경이었다.

문득 고개를 드니 완만하게 경사진 언덕 끝으로 해가 지려 하고 있다.

갓 낳은 계란 노른자처럼 매끈하고 짙은 오렌지색 해.

대도시의 빌딩과 빌딩 사이로 아련하게 가라앉는 해도 멋있지만, 이 석양은 마치 대자연이 알통을 만들어 보이는 것 같았다. 이런 장엄한 석양을 만나면 사람은 자신의 힘으로 자연을 멋대로 주무르겠다는 생각 같은 것은 하지 못한다. 보잘것없는 내 몸에서 막대기처럼 긴 그림자가 생겼다.

숲속 여기저기에서 밤기운이 스며들었다.

나는 어둠 속에 삼켜지지 않도록 황급히 돌길을 달려

서 돌아왔다.

엄마는 지금쯤 집을 나가 아무르에 있을 것이다.

밤이 모든 것을 지배한 한밤중에 일어난 일이다.

만 하루 이상을 깨어 있던 나는 지칠 대로 지쳐서 잠들었다가 부엉이 소리에 깨 버렸다.

커튼을 치지 않고 잠든 것 같다. 작은 창틀이 만들어 낸 정사각형 액자에 별 하나가 조그맣게 빛나고 있었다. 재채기 한 번 하면 사라져 버릴 것 같은 희미한 빛이었다.

처음에는 그 소리가 '부엉이 영감'일 것이라고는 미처 생각하지 못했다.

집을 나간 지 벌써 십 년이 지났다.

아직도 살아 있다니 말도 안 된다. 분명히 죽었을 거라고 생각했는데.

황급히 시계를 보았다. 그리고 그 정확함에 소름이 돋았다.

아직까지 살아서, 그것도 여전히 열두 시 정각에 울다니 기적이다.

우는 소리를 세어 보니 열두 번이 틀림없다.

부엉이 영감이란 옛날부터 다락방에 살던 부엉이를 말한다. 내가 어릴 때부터 하루도 쉬지 않고 매일 정각 열두 시에 열두 번을 부엉, 부엉, 부엉…… 하고 운다. 그 리듬은 마치 메트로놈처럼 정확히 같은 간격이다.

뭐랄까, 초능력이라고밖에 할 수 없는 정확함이었다. 어린 마음에도 동물이 정말 대단하다고 끊임없이 감탄했던 기억이 난다.

엄마는 부엉이 영감은 이 집을 지키는 수호신이라고 굳게 믿었고, 나도 그렇게 믿어 의심치 않았다. 지금까지 누구도 그 모습을 본 적이 없지만, 그 사실이 부엉이 영감을 더욱 신성한 존재로 만들었다. 세상에 아직도 그 부엉이 영감이 살아 있다니!

십 년 전 나는 터덜터덜 집을 나갔다. 그리고 사랑에 배신당하고 또 멋대로 터덜터덜 집으로 돌아왔다. 부엉이 영감은 그동안 줄곧 여기서 매일 같은 일을 계속해 왔다.

부엉이 영감은 내가 존경하는 존재 중 몇 손가락 안에 든다고 해도 과언이 아니다. 그런 부엉이 영감이 날 지켜 준다는 것이 몹시 든든하게 느껴졌다.

생각해 보면 어린 시절 나는 혼자 보내는 외로운 밤마다 이 다락방에 부엉이 영감이 있다는 사실에 안도하며 잠들었다.

완전히 편안한 기분이 나를 감쌌다. 그리고 이번에야말로 눈을 꼭 감을 수 있었다. 내 길고 긴, 끝이기도 하고 시작이기도 한, 나중에 생각하면 기념할 만한 하루가 이렇게 조용히 막을 내렸다.

그 후로는 유방산 계곡의 날개를 파닥이는 매와 같은 속도로 하루하루가 정신없이 지나갔다. 음식점 아르바이트를 겹치기로 하던 시절에도 몹시 힘들었지만, 이번에는 그 이상이었다. 내 사반세기 인생을 통틀어 최고로 끔찍하게 바빴다.

함께 살던 남자 친구가 이따금 생각 나기도 했지만, 그러고 있을 때가 아니었다.

내 하루는 엘메스 뒷바라지로 시작된다. 엄마에게 건네받은 사육 노트를 보니 엘메스의 식사 내용과 주의 사항 등이 상세하게 쓰여 있었다. 그중에서 웃겼던 점이라면 식사량에 관한 메모에 "너무 많이 먹으면 '돼지'가 되니 양은 적게"라고 쓰여 있던 것. 엄마에게 엘메스는 집에서 키우는 돼지 이상의 존재라는 뜻이리라.

나는 '엘메스'라는 이름이 브랜드를 좋아하는 엄마가 멋대로 지은 거라고 생각했다. 하지만 이것은 돼지 품종을 나타내는 '랜드레이스(Landrace)'의 'L'과 여자라는 뜻의 '메스'를 합쳐서 만든 조어였다.

엄마가 갖고 있던 돼지 사육에 관한 책에 따르면 랜드레이스는 원래 덴마크에서 만들어진 돼지로, 영국에서 흔히 아침 식사로 먹는 베이컨앤드에그의 베이컨용으로 개량된 품종 같다. 전체적으로 몸이 길고 머리가 작으며 날씬한 흰 돼지로, 비슷한 품종인 중요크셔나 대요크셔에 비하면 얼굴이 훨씬 길고 귀가 처진 것이 특징이었다.

이름이 주는 인상 탓도 있을지 모르지만, 엘메스는 확실히 우아하게 생긴 돼지였다. 돼지는 원래 깨끗한 것을 좋아한다고 하는데 정말로 식사하는 장소도 화장실도 분명하게 정해져 있었다.

사육 노트에 따르면 엘메스는 생후 사 주 때 데려왔

다고 한다. 엄마 돼지는 젖꼭지가 대개 열네 개 정도 있는데, 새끼 돼지는 태어나자마자 자기 전용 젖꼭지를 힘으로 정한다. 젖이 잘 나오는 젖꼭지는 힘센 새끼 돼지가 독점하므로, 약한 새끼 돼지는 영양을 섭취하지 못해 점점 더 약해져 간다.

형제자매와의 경쟁에 져서 모유와 이유 후 영양을 충분히 공급받지 못한 돼지를 발육 부전 돼지라고 하는데, 엘메스는 바로 그 발육 부전 돼지였다. 태어날 때 체중이 일 킬로그램밖에 되지 않았고, 데리고 왔을 때도 삼 킬로그램 남짓으로 보통 새끼 돼지보다 훨씬 작았다고 한다. 그대로 두면 정육점으로 갈 것이 뻔해서 엄마가 입양했다.

새끼 돼지 시절에 잘 먹지 못한 것과 관계가 있는지 어떤지 잘 모르겠지만, 엘메스는 사춘기인 생후 사 개월이 지나도 발정을 하지 않았다. 그래서 교미를 하는 일도 새끼 돼지를 출산하는 일도 없이 엄마와 함께 이 루리코 궁전에서 살고 있다.

뒷밭은 바로 엘메스를 위한 것이었다. 그 독특한 냄새는 엘메스가 싼 똥 때문으로, 퇴비장이 있는 덕분에 그렇게 야채가 싱싱했던 것이다.

엄마는 사람 음식에는 전혀 신경 쓰지 않으면서 엘메스에게만은 철저하게 유기농 식품을 먹이고 있었다. 뒷밭에서 재배한 야채도 무농약, 무화학비료를 사용했고, 다른 사료도 유전자를 변형시키지 않은 옥수수나 콩을 위주로 한 식물성 배합 사료였다. 그중에서도 압권은 아침 디저트 대신 주는 수제 천연 효모 빵으로, 일일이 도쿄의 유명 제과점에서 공수하고 있었다.

좋은 음식만 먹는 탓인지 엘메스의 털은 확실히 윤기가 나고, 꼬리도 항상 동그랗게 말려 있었으며 얼굴은 늘 웃는 것처럼 행복한 표정을 짓고 있다.

하지만 나는 그런 고급 빵을 사 먹일 여유가 없으니 직접 만들어 먹일 수밖에 없었다.

마침 사과가 제철이어서, 구마 씨가 집 뜰에서 농약을 쓰지 않고 키운 새콤달콤한 사과를 얻어 그걸로 효모를 만들었다.

밤에 자기 전에 반죽 작업까지 끝내 놓고, 날이 새자마자 일어나서 작은 새들의 합창을 들으며 모양을 만들어 오븐에 굽는다. 꽤 손이 많이 가는 일이지만, 빵 굽는 것을 좋아하는 편이어서 하루 일과로 적응하고 나니 그리 힘들지는 않았다.

엘메스는 처음에 맛과 모양과 소재의 미묘한 차이를 느꼈는지 내가 구운 빵에 고개를 돌렸다. 아무리 상대가 돼지라 해도 기껏 만든 것을 남기니 기운이 빠졌다. 그래서 어떻게든 엘메스가 먹도록 개량 및 연구를 거듭했다.

엄마의 사육 노트에 엘메스는 나무 열매를 좋아한다고 쓰여 있는 것을 발견하고, 시험 삼아 빵 반죽에 도토리를 섞어서 구워 보니 이번엔 성공이었다. 그제야 겨우 내가 구운 빵을 먹어 주기 시작했다.

그 후, 천연 효모 빵에다 숲에서 발견한 나무 열매 등을 섞어서 엘메스 취향에 맞는 빵을 만들고 있다. 나는 조금씩 엘메스에게 친근감을 갖게 됐다.

체중이 백 킬로그램을 가뿐히 넘는 동글동글하고 뚱뚱한 엘메스가 쩝쩝 소리를 내면서 내가 구운 빵을 열심히 먹는 모습을 보고 있으면, 나와 피를 나눈 자매를 보는 듯 묘한 기분이 든다. 엘메스를 편애하는 엄마에게는 반감을 느끼지만, 엄마에게 편애받는 엘메스에게는 질투가 생기지 않았다.

엘메스가 아구작아구작 사료를 먹는 동안, 나는 긴 장화를 신고 우리를 청소했다. 아크릴 판을 끼워서 어느 정도 방한을 하고 있지만, 하루에 한 번은 그것들을 모두 벗기고 환기를 해 줄 필요가 있다. 또 지면에는 콘크리트에 톱밥과 쌀겨가 깔려 있어서, 매일 아침 그것들과 함께 똥을 모아 양동이에 담고 밭에 있는 퇴비장까지 날랐다.

그 일이 끝나면 대충 아침 식사를 하고 새로 열 식당 개업 준비에 착수한다. 식당이라는 것만은 처음부터 확실하게 정했다. 카페도 바도 이자카야도 아닌, '식당'이다.

남는 천으로 식탁보를 만들고, 읍내에 나가서 이미지에 맞는 의자를 조달하기도 하고, 엄마에게 컴퓨터를 빌려 인터넷으로 조리 도구를 주문하는 등 할 일은 매일 엄청나게 많았다.

그러는 동안에도 누군가와 말 한마디 나눌 수 없었다. 모두 필담과 손짓 발짓으로 의사소통을 했다. 바빴지만 가슴 뛰는 날들이었다.

일련의 준비를 자기 일처럼 지원해 준 사람이 고향에

돌아온 첫날 무화과나무 아래에서 재회한 구마 씨였다. 구마 씨는 아주 오랫동안 이곳에서 살아온 터라 인맥이 넓고, 또 자연에 관해서도 박식해서 든든한 조언자가 돼 주었다. 곤란한 일이 생겨도 구마 씨에게 부탁하면 어지간한 일은 모두 해결됐다.

식당 인테리어도 거의 구마 씨와 나의 이인삼각으로 완성했다.

동력 사슬 톱을 다루는 것과 목재 나르기, 못 박기 등 힘쓰는 일은 구마 씨에게 부탁하고, 페인트칠이며 왁스칠, 타일 붙이는 일 등은 내가 직접 했다. 손을 대려고 생각하니 끝없이 아이디어가 떠올라, 매일 둘이서 해가 질 때까지 일해도 작업이 끝나지 않았다.

주위를 둘러싼 산의 나무들은 하루하루 색이 바뀌고, 낮 시간은 눈에 띌 정도로 점점 짧아져 갔다.

나는 새로 열 식당을 어딘가에서 본 적이 있는 것 같은, 한편으로는 난생처음 보는 것 같은 신비한 공간으로 만들고 싶었다.

사람들이 편안한 마음으로 자신을 되찾을 수 있는 비밀 동굴 같은 장소.

실내 장식은 어디까지나 부드럽고 귀엽게 마무리하고 싶었다.

거의 한 달 동안 작업하고 나서야 제법 내 머릿속 이미지에 가까운 분위기의 식당이 완성됐다.

바닥은 콘크리트에 코르크 재를 깔았다. 그 위에 테라코타를 더하고, 겨울에 대비해 따뜻한 색 계통의 귀여운 킬림(중동, 동유럽 등지에서 나는 태피스트리로 짠 보풀이 없는 융단)을 깔았다. 목수였던 구마 씨의 아버지가 밤나무로 만든 오래되고 탄탄한 테이블도 가져다 놓았다. 근사하게 빛바랜 적갈색으로, 동양풍이라고도 서양풍이라고도 할 수 없는 독특한 분위기를 풍겼다.

의자는 내가 읍내 고가구점에서 발견했다. 음악당에서 쓰던 것이라고 하는데, 앉는 부분을 가늘게 짠 작은 나무 의자였다. 나무 부분을 터키블루 페인트로 칠하자 귀여운 의자로 다시 태어났다.

내벽은 회반죽에 천연 소재를 대고 오렌지빛을 띤 옅은 계란색으로 칠했다. 그리고 마을에 머물고 있던 외국인 화가에게 천사 같은 날개를 가진 관음상 그림을 콕

토처럼 가벼운 터치로 안쪽 벽 한 면에 그려 달라고 했다. 물론 구마 씨의 중개가 있었다.

구마 씨는 폐교가 된 옆 마을 중학교에서 나무 난로도 조달해 주었다. 가장 마음에 들었던 것은 구마 씨 옆집 창고에 잠들어 있던 다이쇼 시대의 수제 유리 샹들리에로, 안에 양초를 넣어 불을 켜게 돼 있었다.

식탁은 하나로 충분하지만 나는 꼭 간이침대를 놓고 싶었다. 만약 식후에 졸음이 오는 손님이 있으면 바로 누울 수 있고, 자가용으로 온 손님이 술을 마신 경우에 쉴 수도 있도록. 게다가 만약 엄마와 싸워서 쫓겨나도 식당에 잘 수 있는 장소가 있다면 안심이다.

간이침대는 와인 상자를 몇 개 붙여서 만들었다. 구마 씨가 이웃 마을에 생긴 대형 도매점에서 공짜로 얻은 와인 상자를 트럭 짐칸에 실어 날라다 주었다. 나는 거기에 인터넷 쇼핑에서 발견한 컨트리풍 꽃무늬 천으로 미니 이불을 만들어 깔았다. 그리고 같은 천을 사용해 쿠션 커버를 만들어 그 위에 나란히 놓았다. 오스트레일리아제 체크무늬 담요도.

화장실 한쪽 벽에는 타일을 붙였는데, 색깔이 다른 타

일을 맞추어 한 쌍의 새 무늬를 만들었다. 원시적인 느낌이 나는 것이 즉흥적으로 만든 데 비해서는 제법 완성도가 높았다. 아무리 요리가 좋아도 화장실이 지저분하면 전부 허사가 된다. 다른 것은 아끼더라도 화장실만큼은 돈을 들이기로 하고 최신식 비데가 달린 변기를 구입했다. 벽에 작은 창도 달았더니 아주 안락한 공간이 됐다.

마을 길로 이어지는 통로에는 강가에서 주운 색이 다른 작은 돌로 'Welcome'이라는 글씨를 꾸미고 양옆에는 내가 좋아하는 나무딸기, 블루베리, 와일드베리 등 묘목을 심었다. 외벽은 마을 미장이에게 부탁해 낡은 기와를 깨서 시멘트로 바른 후 진한 핑크색으로 완성했다. 거기다 가까운 모래사장에서 주워 온 조개껍데기를 박아서 악센트를 주었다.

가게의 인상을 크게 좌우하는 현관문은 인터넷 경매로 낙찰받았다. 네오콘이 가져온 모델 하우스에도 문은 달려 있지만 알루미늄 새시가 식당 분위기에 어울리지 않았다. 내가 고른 것은 'U'자를 거꾸로 한 모양의 짙은 갈색 프랑스제 문으로, 산속에서 주운 도마뱀 모양의 쇳 덩어리를 못으로 고정해 손잡이를 만들었다.

나는 구마 씨와 급하게 한 식당 인테리어에 상당히 만족했다.

그다음은 식당을 개업한 후 조금씩 완성해 나가면 된다.

내 일터가 될 주방도 구마 씨 덕분에 예상보다 훨씬 훌륭하게 꾸며졌다. 나는 가져온 겨된장을 엄마의 지저분한 부엌에서 깨끗한 주방으로 당장 옮겼다.

내가 주방을 꾸미면서 최우선으로 고려한 점은 밝고, 청결하고, 또 사용하기 편할 것.

나는 최소한의 도구로 요리를 만들기 때문에 식기세척기도 전자레인지도 전기밥솥도 필요 없다. 꼭 있어야 하는 냉장고, 싱크대, 가스레인지, 오븐만큼은 최근 폐업한 마을의 중국집에서 싸게 물려받았다.

싱크대는 아직 새것처럼 반짝거렸다. 작은 내 몸 사이즈와 딱 맞았다. 고육책으로 양철 양동이를 재활용한 레인지 후드는 익살스러운 느낌이 나서 좋았다. 무엇보다 서쪽 벽을 부수고 전면을 유리로 마감해 아름다운 빛에 싸인 채 요리를 할 수 있다.

부엌문을 열면 내가 만든 허브 정원으로 곧장 이어졌다. 구마 씨가 솎아 벤 나무로 천장에 대들보를 만들어주어서, 산에 널린 담쟁이넝쿨로 만든 바구니 같은 것들을 마음대로 걸었다.

지금까지의 아르바이트 경험을 통해 많은 주방을 봐 왔지만, 이렇게 완벽한 주방은 처음이었다. 엄마가 돈을 빌려준 덕분에 전문가용 식칼도 사고 최소한의 조리 도구도 갖출 수 있었다.

식기도 수는 적었지만 쓸 만큼은 준비했다.

다행스럽게도 엄마가 벽장 속에 넣어 둔 식기를 그대로 물려주었다. 한 번도 사용하지 않은 것들로 엄마의 엄마, 즉 외할머니가 엄마를 위해 마련해 준 것이었다. 개중에는 다이쇼 시대며 빅토리아 시대의 화려한 컵, 베트남의 남빛 무늬 대접, 고이마리(古伊萬里, 17세기에 도자기로 유명한 아리타에서 생산된 백자)의 종지, 리차드 지노리의 새하얀 수프 접시, 심지어 지금은 생산이 중단된 오래된 디자인의 바카라 샴페인 잔까지 있었다. 각각의 식기 뒤에는 낯익은 할머니의 글씨로 쓰인 설명서가 친절하게 붙어 있었다.

엄마는 어쩐 일로 개업 선물이라며 그것을 공짜로 주었다. 엄마와 나의 가치관은 정반대다. 그래서 늘 티격태격하며 살아왔지만 이때만큼은 고마웠다. 엄마에게는 잡동사니였지만 내게는 보물이었으니까.

모계 가족의 기질은 반드시 대를 걸러 유전하는 것이 아닐까 하는 생각이 든다.

즉 엄마는 너무도 정숙한 외할머니에게 반발해 그것과는 정반대로 파란만장한 삶의 방식을 선택했고, 그 엄마 밑에서 자란 나는 엄마처럼 되지 않을 거라고 반발해, 또 그것과는 정반대인 평범한 삶의 방식을 선택했다. 영원히 끝나지 않는 오셀로 게임을 하는 것처럼 엄마가 하얗게 칠한 부분을 딸은 열심히 검게 덧칠하고, 그 딸인 손녀는 다시 하얗게 칠하려고 노력한다.

식기는 창고에 방치돼 있던 식기장에 넣어 두기로 했다. 겉과 속을 물로 닦아 내니 깨끗한 모습으로 되살아났다. 식기장은 손님이 식사하는 식탁에서 바라보았을 때 유방산이 보이는 창 아래에 두기로 했다.

이제 식당 개업 초읽기에 들어갔다.

그러던 어느 날의 일. 구마 씨가 어른용 세발자전거를 타고 왔다. 전동식이라 체력을 소모하지 않고 무거운 짐을 나를 수 있다. 이 특수한 세발자전거에는 원래 이름이 있을 텐데 나는 잘 모르겠다. 뒷바퀴가 두 개이고, 뒤에는 큰 바구니가 달렸다. 후방을 확인할 수 있는 백미러도 있다.

구마 씨는 어른용 전동 세발자전거 핸들을 잡은 채 기쁘게 웃으면서 말했다.

"링고한테 주는 선물. 옛날에 시뇨리타한테 사 준 건데 이제 안 써. 링고, 괜찮으면 이거 쓸래?"

그리고 "페인트 좀 갖고 온나" 하더니, 내가 의자를 칠한 것과 같은 터키블루 페인트로 조금 녹슨 어른용 전동 세발자전거를 칠하기 시작했다.

나는 몇 번이나 구마 씨의 등을 두드리면서 양손을 흔들어 노, 노라는 몸짓을 하며 사양했다. 구마 씨가 사랑하는 시뇨리타의 소중한 흔적이지 않은가. 상관없는 타인인 내가 받을 수는 없다.

그런 뜻을 전하고 싶었지만, 구마 씨는 그런 나를 무시하고 녹슨 어른용 전동 세발자전거를 눈 깜짝할 사이에 귀여운 터키블루로 변신시켰다. 작업을 마치고 나서 구마 씨가 물었다.

"가게 이름은 아무르로 할 거냐?"

나는 '바이 바이'라도 하듯 양손을 황급히 흔들었다.

개업 준비에 바빠서 중요한 사항을 까맣게 잊고 있었다. 그러나 아무르라는 이름만큼은 절대로, 절대로 싫었다. 그런 이름을 붙인다면 기껏 한 달에 걸쳐 구마 씨와 만든 이 공간의 의미가 없어진다.

늦은 밤 집으로 돌아온 후 이불 속에서 줄곧 이름을 고민했다. 그리고 열두 시 정각에 우는 부엉이 영감의 소리를 듣다가, 퍼뜩 이런 생각이 떠올랐다.

'달팽이'는 어떨까?

몇 초도 지나지 않아서 나는 새로 열 식당 이름은 '달팽이'밖에 없다고 확신했다.

좋았어!

롤케이크처럼 이불을 둘둘 만 채 혼자 손가락을 딱 튕겼다.

그 작은 공간을 책가방처럼 등에 메고, 나는 지금부터 천천히 앞으로 나아갈 것이다.

나와 식당은 일심동체.

일단 껍데기 속에 들어가 버리면 그곳은 내게 '안주(安住)의 땅'이다.

다음 날 아침, 나는 즉시 구마 씨의 휴대전화로 연락했다.

전화를 한다 해도 소리를 내지 못하는 나. 그래서 약속한 음악을 틀면 그걸 신호로 구마 씨가 와 준다는 규칙을 만들었다.

구마 씨가 선곡한 것은 요즘 인기 있는 여성 가수의 노래였다. 아마 딸을 데리고 도망간 시뇨리타가 아무르의 노래방 기계로 곧잘 이 노래를 불렀던 모양이다. 그래서 나는 구마 씨가 녹음해 준 그 카세트테이프를 언제나 카세트와 함께 애용하는 바구니에 넣어 가지고 다녔다.

커뮤니케이션은 수단이 적으면 적은 대로 어떻게든된다.

실제로 경험해 보고 알게 됐지만, 목소리가 나오지 않는 것은 사람들이 상상하는 것만큼 힘들지는 않았다. 원래 나는 말이 많지 않아서 혼자 생활하는 거라고 생각하면 그리 이상한 상황도 아니다.

이때도 구마 씨는 첫 소절의 달콤한 목소리를 듣자마자 곧바로 작은 트럭을 타고 나에게 달려와 주었다.

나는 얼른 돌멩이를 들고 지면에 커다랗게 '달팽이 식당'이라고 썼다. 그리고 '어때요?' 하고 마치 얼굴에다 투명한 매직으로 쓴 듯한 표정을 짓고 구마 씨를 바라보았다. 최근에는 일일이 필담 노트에 쓰지 않아도 구마 씨와는 호흡이 척척 잘 맞았다.

"나이스다."

구마 씨가 말했다.

그리고 바로 어제 터키블루 페인트로 칠해 준 어른용 전동 세발자전거 뒤의 바구니에 달려 있던 이름표에, 이번에는 하얀 페인트로 '달팽이 식당'이라고 써 주었다. 당당하고 힘 있는 글씨로.

나는 구마 씨가 쓴 무뚝뚝하지만 애정이 담긴 글씨가 참 좋다.

그리고 그 어른용 전동 세발자전거를 이 순간부터 '달팽이호'라고 부르기로 했다.

나는 얼른 시운전을 겸해 달팽이호를 타고 조용한 산골 마을을 한 바퀴 일주하는 여행을 떠났다.

실은 운전 면허증이 있어서, 내심 어떻게 할까 고민했다. 도시라면 차가 없어도 살아갈 수 있지만 이런 변두리 시골 마을에서는 차가 없으면 불편하기 짝이 없다. 그렇다고 해서 볼일이 있을 때마다 구마 씨를 부르는 것은 아무래도 미안했다.

하지만 달팽이호가 있으면 읍내까지는 내 힘으로 갈 수 있다. 도중에 포장되지 않은 산길도 있지만 손으로 끌고 가거나 하면 어떻게든 될 것이다. 나는 구마 씨가 시뇨리타에게 선물한 달팽이호에 감사하며 소중히 쓰기로 했다.

나는 울퉁불퉁한 산길을 천천히 그러나 확실하게 앞으로 나아가는 달팽이호를 타고 가을이 깊어 가는 파란 하늘을 올려다보았다.

해파리처럼 얇은 구름이 하늘에 퍼져 있었다. 심장도 골격도 뼈도 없는 거대한 해파리가 촉수를 빨고 있다. 가슴 가득 공기를 들이마셔 본다. 해변에서 날아온 솔개가 내 머리 위를 유유히 선회하다, 삐효로로로 소리를 내며 유방산 쪽으로 날아갔다. 숲속에서는 수런수런 살아 있는 것들의 기척이 났다.

도중에 산포도를 발견했다. 한 알 따서 입에 넣어 보니 떫으면서도 새콤달콤하다. 생으로 먹을 수는 없겠지만 번쩍이는 아이디어가 떠올랐다.

나는 야생 곰이 따먹기 전에 산포도 열매를 수확하기로 했다. 잔뜩 따서 짙은 보라색으로 한껏 부푼 비닐봉지를 얼른 달팽이호 바구니에 넣었다. 오는 도중에 보니 도토리도 잔뜩 떨어져 있었다. 주울 수 있는 만큼 주워서 봉지에 담아, 그것도 달팽이호 바구니에 넣었다. 도토리는 한 번 찐 후 건조시켜서 보관했다가 엘메스의 빵에 넣을 것이다.

그렇게 꿈꿔 왔던 달팽이 식당이 곧 탄생의 첫울음을 터뜨리게 된다.

여전히 나는 하루에 한 번 엘메스의 똥을 밟는다. 밤송이가 머리 위에 떨어지는 일도 있고, 길가의 돌멩이에 걸려 넘어질 뻔한 때도 있다. 그래도 도시에 살던 시절보다는 작은 행복을 만나는 순간이 훨씬 많다.

길가에 뒤집어진 공벌레를 구해 주는 것이 행복했다. 닭이 갓 낳은 계란을 뺨에 대고 온기를 느끼는 것도, 아침 이슬에 젖은 풀잎의 다이아몬드보다 예쁜 물방울을 발견하는 것도, 대나무 숲 입구에서 발견한 레이스 컵받침처럼 아름다운 비단그물버섯을 겨된장에 넣어 먹는 것도. 내게는 이 모든 것이 신의 뺨에 감사 키스를 보내고 싶은 사건들이었다.

머릿속에 그려 온 달팽이 식당의 이미지가 거의 완성됐다.

달팽이 식당은 손님을 하루에 한 팀만 받는 조금 색다른 식당이다.

전날까지 손님과 면담 혹은 팩스나 메일로 대화를 주고받아 무엇이 먹고 싶은지, 가족 구성은 어떤지, 장래의 꿈은 무엇인지, 예산은 어떤지 등을 상세하게 조사한다. 나는 그 결과에 따라 그날의 메뉴를 생각한다.

늦은 밤에는 인접한 아무르의 노래방 소리나 얘기 소리가 시끄러워지니 식사 시작은 되도록 저녁 여섯 시부터로 하자. 그리고 달팽이 식당이라는 이름에 어울리게 천천히 시간을 들여서 음식을 맛보게 하자. 그러니까 시계는 치워 두고 필요할 때만 주방 타이머를 사용하자.

연기는 요리의 맛에 영향을 주니 식당 안은 모두 금연. 주방에서 들려오는 요리를 만드는 소리와 밖에 있는 새나 짐승의 기척을 들을 수 있도록 음악은 틀지 않는다.

눈을 감으면 당장이라도 달팽이 식당이 움직이기 시작할 것 같았다.

달팽이호를 타고 고향 일주 여행에서 돌아오자, 구마 씨가 산에서 캐 온 나무를 도끼로 쪼개서 난로에 사용할 땔감을 준비하고 있었다.

나는 필담 노트를 꺼내 메시지를 쓴 후 구마 씨의 손이 비는 순간을 노렸다가 이렇게 물었다.

구마 씨가 먹고 싶은 건 뭐든 주문해 주세요.

왠지 좋아하는 남자에게 고백할 때 같아서 좀 쑥스러웠다. 긴장해서 손이 떨렸는지 글씨가 웃고 있다.

그러나 실은 오래전부터 마음속으로 생각하고 있던

일이었다.

개업 준비를 도와 준 답례를 하고 싶다. 솔직히 지금의 나로서는 돈이나 물건을 선물하는 일은 불가능하다. 하지만 요리를 만드는 것만은 할 수 있다. 구마 씨를 위해서라면 온 힘을 다해서 요리를 만들 자신이 백 퍼센트 있었다.

전혀 예상하지 못한 질문인지, 구마 씨는 원래 쓴 것을 달다고 생각하면서 먹은 듯한 표정을 지으며 입술을 내밀었다.

"먹고 싶은 거라……."

그렇게 중얼거리더니 입을 딱 다물어 버렸다. 그리고 이내 그 질문을 보지 않았던 것 같은 몸짓으로 장작 패기를 계속했다.

하지만 조금 시간이 지난 후, 구마 씨는 주섬주섬 시뇨리타 얘기를 했다. 요리에 관해 생각하면 필연적으로 시뇨리타와 사랑하는 딸이 생각나는 모양이었다.

나 역시 마찬가지다. 고향에 돌아와서 작은 행복을 느끼는 시간이 늘어나도 문득문득 남자 친구가 생각난다. 상처가 낫기는커녕 날이 갈수록 깊어진다.

읍내에 나갔을 때 체격이 비슷한 남자의 뒷모습을 발견하면 나를 데리러 온 남자 친구가 아닐까 하고 뒤를 쫓아가 얼굴을 확인하지 않고는 못 견디고, 남자 친구의 피부에 스며든 향신료와 같은 종류의 냄새를 맡기만 해도 파블로프의 개처럼 눈물이 핑 돈다.

요리를 생각하면 더 그렇다. 주방에 들어가 앞치마를 허리에 두를 때마다 까무잡잡한 얼굴에 빛나던 하얀 이, 그의 눈동자, 오뚝한 콧날이 망령처럼 되살아난다. 인도와 튀르키예가 두 가지 색 점토를 섞어서 만든 공처럼 한 덩어리가 돼 내 가슴에 퍽 소리를 내며 날아든다. 사랑하는 사람에게 일방적으로 이별을 선고당한 무력감은 그 무엇으로도 메울 수 없다.

구마 씨는 장작을 패면서 시뇨리타가 제일 처음 만들어 준 요리가 카레였다고 말했다.

"그러고 보니 만날 어무이가 만들어 준 것만 먹어서 요새는 카레를 못 먹어 봤네."

라고 멀리 아르헨티나를 바라보는 듯한 우울한 눈으로 중얼거렸다.

나는 그 말을 들은 순간, 마음속으로 브이 자를 그렸

다. 구마 씨에게 세상에서 제일 맛있는 카레를 만들어 주기로 마음먹었다.

카레는 내게도 추억이 많은 요리다. 남자 친구에게 몇 번이나 만들어 주었는지 모른다. 인도 출신의 남자 친구에게 카레는 소울 푸드였으니까.

장작 패기를 마친 구마 씨와 함께 점심으로 우동을 먹은 후, 나는 아까 따 온 산포도를 정성껏 씻어서 조려 발사믹 식초를 만들었다.

완성되는 것은 십이 년 후. 어떤 맛으로 태어날지 눈을 감고 상상해 본다.

어쩌면 도중에 실패할지도 모른다. 하지만 십이 년 후에도 나는, 이렇게 지금과 같은 신선한 마음으로 주방에 서 있고 싶다. 그런 강한 바람을 담아서 나는 신중하게 발사믹 식초의 원액을 소독한 병에 담았다.

달팽이 식당이 개업하는 날.

당당하게 가슴을 펴고 집을 나와서 달팽이 식당을 향해 성큼성큼 걸어갔다. 이제 완전히 친해진 엘메스가 울음소리로 내 등을 향해 응원을 보내 주었다.

달팽이 식당이라는 이름에 어울리게 이 조용한 산골 마을에는 이른 아침부터 안개비가 내렸다. 나는 고개를 들고 진짜 달팽이처럼 비 샤워를 즐겼다.

어제 오후에 반나절 걸려 만든 간판도 안개비에 촉촉하게 젖어 있었다. 구마 씨에게 나무 그루터기를 두께 십 센티미터 정도로 잘라 달라고 부탁해서, 실톱을 사용해 달팽이 모양으로 도려내고 유치원생처럼 서툰 노란색 페인트 글씨로 '달팽이 식당'이라고 쓴 수제 간판이다.

나는 간판 위에 살포시 손바닥을 포갠 후, 나만 가지고 있는 열쇠를 꺼내 달팽이 식당의 문을 천천히 열었다. 아직 익숙하지 않은 뒤집힌 U자 모양의 문이 기이이익, 하고 마치 스스로 생각할 줄 아는 것처럼 사려 깊은 소리를 냈다.

하루 한 팀만 예약을 받는 식당이어서 특별히 선전은 하지 않았지만, 엄마에게 들었는지 점심때쯤 네오콘에게서 커다란 화환이 도착했다.

파친코 가게 개업 때 입구에 늘어놓는 화려한 색상의 화환이었다. 호의는 감사했지만, 나는 그것을 얼른 아무르 뒤편으로 이동시켰다. 이런 화환이 문 앞에 있으면 기껏 만든 달팽이 식당의 소박하고 따뜻한 분위기가 엉망이 된다.

그 후 줄곧 어떤 카레를 만들어서 구마 씨에게 대접할까만 생각했다.

너무 골똘히 생각한 나머지 잠들지 못한 밤도 있었을 정도다. 내가 아무리 구체적으로 어떤 카레가 좋은지 물어도, 구마 씨는 무뚝뚝하게 "그냥 카레"라고만 대답할 뿐이어서 전혀 감이 잡히지 않았다.

처음에는 시뇨리타가 만들어 주었다고 하는 카레를 재현해 볼까 생각했다.

하지만 구마 씨의 기억이 모호한 데다, 아무리 내가 흉내를 낸다 해도 구마 씨가 당시의 마음 상태로 먹은 시뇨리타의 카레를 뛰어넘을 리 없다. 그래서 역시 나만의 카레를 내놓기로 마음먹었다. 그리고 망설인 끝에 석류카레를 만들기로 결정했다. 계절상으로도 딱 좋았다. 숲속에 가면 아직 석류가 나무에 매달려 있다.

석류카레는 튀르키예 음식점에서 함께 일했던 이란 출신 동료에게 배운 요리다. 석류를 많이 넣어서 예쁜 루비색을 띠고, 새콤달콤한 맛이 나서 턱 안이 상큼해진다.

그때, 본 적도 간 적도 없는 이란의 암갈색 황야가 눈앞에 펼쳐지는 듯한 기분이 들었다. 언젠가 남자 친구와 둘이서 가게를 열면 이것만큼은 꼭 메뉴에 넣어서 일본 사람들에게도 소개하자고 마음먹었던 바로 석류 카레이다.

석류는 어제 혼자 산에 가서 아직 가지에 남아 있는 것을 나무를 타고 올라가 필요한 만큼 따 왔다. 되도록 이 지역에서 나는 재료로 요리를 하겠다는 것이 처음 달팽이 식당을 구상할 때부터 내 모토였다.

나무 위에 올라가서 잠깐 맛을 본 석류는 상상 이상으로 새콤달콤하고 떫은맛도 강해서 온몸의 세포가 잠에서 깨어날 것 같은 맛이 났다. 당연한 얘기지만, 도시의 슈퍼마켓에서 화려하게 포장돼 팔리는 야생미를 잃은 석류와는 맛이 완전히 다르다. 그 석류가 조리대에서 얌전히 차례를 기다리고 있다.

난로에 불을 지피자 신성한 마음이 몸속 깊은 곳에서부터 솟아올랐다. 새 앞치마의 끈을 꽉 묶고, 머리에는 깔끔하게 두건을 쓴 후 비누로 뽀드득뽀드득 손을 씻었다. 지금 내 머리는 거의 스님 같았다.

고향으로 돌아온 첫날 무화과나무 위에서 머리를 잘랐다. 하지만 남은 머리카락조차 거추장스럽게 느껴져서, 나중에 마을 변두리에 있는 이발소를 찾아가 바리캉으로 짧게 깎았다. 지금은 사흘에 한 번 정도 스스로 머리카락을 밀고 있다. 그편이 요리에 머리카락이 들어갈 위험을 줄일 수 있었고, 또 내게는 더 이상 아름답게 보이고 싶은 욕망도 존재하지 않았다.

불순물이 들어가는 것을 막기 위해 눈썹까지 밀어 버릴까 생각했지만 실행 직전에 그만두었다. 나는 괜찮지만 손님들이 무섭게 느껴서는 안 된다.

반짝반짝 잘 닦인 조리대에는 석류 외에 양파와 쇠고기 등이 이제나저제나 하고 등판할 차례를 기다리고 있었다.

나는 깨끗하게 씻은 손으로 식재료를 조심스레 만졌다. 갓 태어난 작은 생명을 감싸듯이 하나하나 양손으로 들어 올리고, 눈을 감은 채 몇 초간 식재료들과 말을 주고받았다.

누가 시킨 것도 아닌데, 언젠가부터 나는 요리를 시작하기 전이면 항상 이런 의식을 올린다. 식재료를 얼굴 가까이에 가져가서 코를 대고, 그들의 소리에 귀를 기울인다. 쿵쿵 냄새를 맡으며 각각의 상태를 확인하고 '어떻게 요리해 줬으면 좋겠니?' 하고 묻는다. 그러면 식재료들이 스스로 어떻게 조리돼야 가장 어울릴지 말해 준다.

그렇게 생각해서 그런 것이겠지만, 내게는 정말로 그들이 내는 희미한 목소리가 들리는 것 같다.

그러고 나서 나는 마음속으로 무릎을 꿇고 요리의 신에게 기도한다.

부디 무사히, 맛있는 카레를 만들도록 도와주세요.

이 식재료들을 실망시키거나 상처 입히거나 엉망으로 만드는 일 없이 맛있는 카레로 승화시킬 수 있도록 해주세요.

그 기도가 요리의 신에게 닿았음을 느끼자, 나는 천천히 눈을 뜨고 요리의 세계에 몰두했다.

양파를 썰려고 칼집을 넣고 나서 몇 초 후.

갑자기 눈물이 솟구쳤다. 나도 모르게 이를 악물었다.

양파 때문인지, 아니면 남자 친구와의 추억이 가슴에 스민 탓인지 알 수 없었다. 굵은 눈물방울은 마치 해변에 올라가서 산란하는 바다거북의 알처럼 내 뺨 위로 미끄러져 내렸다. 그래도 양파 썰기를 계속했다.

결국 석류카레를 만드는 동안 거의 내내 눈물바다였다.

남자 친구와의 추억이 내 기억 상자 속에서 눈물이 돼 주르륵 떨어졌다. 생각해 보면 머리가 멍한 상태로 도시를 떠나 고향으로 돌아와서, 바로 달팽이 식당 준비에 돌입했다. 줄곧 그 사실만은 생각하지 않으려고 애써 피해 왔다. 그런데 결국 생각들이 한꺼번에 분출되고 말았다.

남자 친구와의 추억은 마술사가 꺼낸 화려한 색의 싸구려 나일론 손수건처럼 줄줄이 눈앞에 나타나서는, 나의 풍경을 향수(鄕愁)의 빛깔로 물들여 갔다. 그 때문에 볶고 있는 양파가 어느 정도 탔는지 잘 보이지 않았다.

그래도 십여 분 후에는 석류카레의 새콤달콤한 냄새가 주방을 가득 채웠다.

저녁 무렵, 약속한 시간 정각에 구마 씨가 작은 트럭을 타고 왔다.

언제나 작업복 차림만 봐 왔던 터라, 처음에는 무시무

시한 세계의 사람이 행패 부리러 온 것인가 하는 생각이 들었다. 영업권 문제라든가 엄마에게 원한을 가진 사람이라든가……. 도시라면 충분히 있을 수 있는 일이니까.

만일을 위해 주방에 둔 호신용 방망이를 가져와야겠다고 생각했을 때 구마 씨라는 것을 깨달았다. 언제나처럼 느릿한 억양으로 "수고 많네~"라고 했기 때문이다.

나는 달팽이 식당의 문을 열고, 다시 정중한 마음으로 오늘의 손님인 구마 씨를 맞이했다. 오늘부터 나는 진짜 프로 요리사가 된 것이다.

검은 양복에 화려한 빨간색 넥타이를 매고 들어선 구마 씨는 숱이 줄고 있는 머리카락을 머릿기름으로 싹 넘겨서 고정했다. 하지만 신발만은 역시 내가 아는 구마 씨였다. 평소에는 흙과 나뭇잎으로 더러워진 길쭉한 구두가 어시장에 뒹구는 참치의 배처럼 반짝반짝 닦여 있다.

구마 씨는 자기가 설치한 샹들리에가 잘 고정돼 있는지, 바닥에 깔린 테라코타가 뜬 곳은 없는지 꼼꼼하게 확인하면서 자리로 이동했다.

나는 앞치마 주머니에 넣어 둔 '잠시만 기다려 주세

요' 카드를 펼쳐 보이고, 총총걸음으로 주방에 가서 석류카레를 마저 마무리했다. 그동안 구마 씨는 식당에서 굵은 잎담배를 피우면서 기다렸다. 사실은 금연이었지만, 구마 씨는 특별한 손님이니 오늘만은 눈감아 주기로 했다. 나는 얼른 재떨이를 건넸다.

막 완성된 석류카레의 간을 꼼꼼하게 확인하고 버터라이스에 듬뿍 떠서 재빨리 구마 씨가 기다리는 테이블로 날랐다. 곁들임 반찬으로는 겨된장에 절인 무를 준비했다. 실은 올 여름에 담근 락교(염교, 쪽파의 뿌리를 닮은 백합과 식물로 소금과 식초에 절여 먹는다)가 있으면 제일 좋았을 텐데, 그것도 어디로 갔는지 기억이 나지 않는다.

새 나무 숟가락을 놓고, 나는 허리를 깊이 숙여 인사를 한 뒤 조용히 주방으로 돌아왔다. 그러고는 식당과 주방의 칸막이 커튼을 살짝 쳤다.

그다음 할 일은, 구마 씨가 석류카레를 먹길 기다리는 것뿐이었다.

남자 친구는 예외로 하고, 나는 내가 만든 요리를 먹는 사람의 얼굴을 도저히 정면에서 볼 수 없다. 그것은 성기 속이나 젖꼭지 끝을 돋보기로 관찰당하는 것보다 더 부끄러운 행위였다.

하지만 아무래도 구마 씨의 반응이 궁금했다.

구마 씨는 낮은 목소리로 "잘 먹겠습니다" 하고, 내가 만든 석류카레를 먹기 시작한 상태였다. 나는 커튼 끝을 조금 들추고, 그 틈으로 손거울을 사용해 구마 씨의 옆얼굴을 훔쳐보았다.

거울 각도를 조절해 구마 씨의 표정을 엿본 것이다. 손거울에 반사될 때마다 빛이 구마 씨의 얼굴 위로 하얀 나비가 날아다니는 것처럼 이동했다.

하지만 구마 씨는 그것에 신경 쓰지 않고 묵묵히 석류카레를 먹었다. 완전히 무표정한 얼굴로. 맛있다고도, 맛없다고도, 가타부타 말 한마디 없이.

내 긴장은 최고점에 이르렀다.

혹시 나도 모르는 사이에 눈물이 들어가서 맛이 이상해진 것일지도 몰라…….

뭐든 나쁜 쪽으로만 생각이 기우는 소심한 나는, 이제 프로로 당당히 서야 한다는 자신감마저 어느새 잃어 가고 있었다.

아, 역시 그냥 요리를 좋아하는 것과 프로 요리사는 천지 차이구나. 그런 생각을 하던 나는 일 초라도 빨리 구마 씨가 먹고 있는 석류카레를 낚아채듯 빼앗아 와서 싱크대에 버리고 싶은 기분이었다.

어째서 좀 더 구마 씨의 입에 맞는 메뉴를 생각하지 못했을까.

일식 카레나 돈가스카레나 햄버그카레 같은 것으로…… 시중에 파는 순한 맛의 루로 서민적인 카레를 만들면 됐을 텐데. 울며불며 남자 친구와의 추억에 잠겨 있을 때가 아니었는데. 아니면 혹시 무절임이 맛없었을 지도 모른다. 환경이 달라진 탓에 겨된장 상태가 흐트러 져서 맛의 균형을 잃은 것인지도 모르고. 어떡하지. 이 런 건 단순히 자기만족일 뿐이야.

그런 생각으로 금방이라도 울음을 터트릴 것 같을 때 였다.

구마 씨가 절묘한 타이밍에 중얼거렸다.

"링고, 이런 카레는 진짜 처음 먹어봤데이."

구마 씨는 내가 커튼 바로 뒤에 숨어 있는 것을 아는 지 모르는지, 주방 입구 쪽을 보며 말했다.

그때 내 눈에서는 눈물이 흘러내리고 있었다. 좀 전까지는 불안해서 울었지만 지금은 기쁨의 눈물이었다.

"시뇨리타한테도 딸한테도 먹이고 싶네."

구마 씨는 진지하게 중얼거렸다.

잘 보니 내 손거울에는, 밝은 얼굴로 석류카레를 마주한 구마 씨가 비치고 있었다.

결과적으로 석류카레는 대성공이었던 셈이다. 나는 그제야 안심하고 마지막으로 아메리칸커피를 준비했다.

내게는 좀 자랑할 만한 특기가 있다. 그 사람이 홍차를 좋아하는지 커피를 좋아하는지, 커피 중에서도 지금은 어떤 커피를 마시고 싶은지 얼굴만 봐도 알 수가 있다. 아마 도시에 나가서 처음 몇 년간 규모가 큰 커피 체인점에서 카운터를 담당했기 때문인지도 모른다.

손님의 얼굴을 잠깐 보고 주문을 받는 동안에 무엇을 주문할지 알 수 있게 됐다. 내 예측은 대체로 구십오 퍼센트 확률로 적중했다.

구마 씨는 아메리칸커피까지 한 방울도 남기지 않고 다 마셔 주었다. 그리고 몇 번이나 고맙다는 인사를 했다. 더욱이 구마 씨는 내가 '괜찮다'고 극구 사양했는데도 끝내 앞치마 주머니에 개업 축의금 대신이라며 송이버섯까지 넣어 주고는, 아직 석양의 잔상이 남은 산길을 천천히 걸어 돌아갔다.

아침에 구마 씨가 일부러 산에 가서 따 왔다는, 갓이 열리기 전의 훌륭한 송이버섯이었다. 주머니 안에서 고귀한 송이버섯 향이 났다. 기껏 받은 축하 선물인데 싱싱할 때 먹는 것이 좋을 것 같아서 그날 밤 당장 송이버섯 밥과 도빙무시(질주전자에 송이버섯과 닭고기, 야채 등을 넣어서 익힌 요리)를 해서 먹기로 했다.

주방에 있을 때는 김으로 창이 흐려서 몰랐는데, 오전 내내 내렸던 비가 그치고 밖에는 아름다운 석양이 하늘에 깔려 있었다. 마치 지구를 거대한 꿀단지에 담가 놓은 것 같았다.

양손에는 깨끗하게 비운 석류카레 접시만 남아 있었다.

기적은 그다음 날 오전 열 시 반이 지나서 일어났다.

세상에! 딸을 데리고 도시로 나갔던 시뇨리타가 구마 씨의 집으로 돌아왔다는 것이다.

구마 씨는 흥분해서 내게로 달려왔다. 얼마나 급히 왔던지 신고 있는 신발이 짝짝이다.

　자세히 얘기를 들어 보니 시뇨리타는 그냥 두고 간 물건을 찾으러 돌아온 것뿐이었다. 차도 마시지 않고 그대로 가 버렸다고 한다. 그래도 구마 씨는 아주 진지하게 "그렇지만 말이야, 미련 같은 게 없었으면 아무리 그래도 안 돌아왔겠재?"라고 기쁜 듯이 말했다. 남의 꿈을 깰 권리는 누구에게도 없다고 생각해서, 나는 구마 씨의 얘기에 고개를 끄덕이며 진지하게 들어 주었다.

　그리고 구마 씨는 이렇게 된 것이 석류카레를 먹어서라고 멋대로 결론지었다. 그럴 리는 없다고, 단순한 우연이라고 생각했지만 구마 씨는 몇 번이나 어제 먹은 석류카레가 얼마나 특별한 맛이었는지를 역설하고, 눈물까지 글썽거리며 고맙다는 인사를 했다. 그러고도 몇 번이나 더 내 손가락뼈가 으스러질 정도로 세게 악수하고 흥분이 식지 않은 채 돌아갔다.

　뭐가 어찌 됐든, 구마 씨가 예상 이상으로 기뻐해 준 것은 내게도 몹시 영광스러운 일이었다.

며칠 후 구마 씨는 이 일로 뭔가 좋은 생각이 떠올랐는지, 이번에는 구마 씨네 옆집에서 '첩'으로 사는 할머니를 데리고 달팽이 식당에 나타났다. 물론 구마 씨의 첩은 아니다.

그 할머니는 이 조용한 산골 마을에서 모르는 사람이 없을 만큼 유명하다. 나도 어릴 때부터 알고 있었다. 무서워서 한 번도 말을 걸어 본 적은 없다. 왜냐하면 할머니는 여름이나 겨울이나 일 년 내내 까만 상복을 입고 지냈기 때문이다.

할머니는 지방 유지의 첩이었다. 상대 남자는 아주 오래전에 세상을 떠났다. 전해 들은 얘기로는 할머니 댁에서 숨을 거두었다고 한다. 시신은 곧바로 본처가 데려가고 할머니는 혼자 남겨졌다. 그리고 사흘 낮 사흘 밤을 자지러지게 웃었다고 한다.

남 얘기를 좋아하는 엄마가 아무르의 단골손님들과 술 마시면서 한 말이어서 진위는 모르겠지만, 그 웃음소리가 마을 일대에 울려 퍼졌다나.

어째서 울음소리가 아니고 웃음소리인지, 경험이 없는 나로서는 상상만 할 수밖에 없다. 어쩌면 할머니는 웃는 것처럼 울었을지도 모른다.

그 후 할머니의 성격은 일변해 과묵한 노부인이 됐고 상복만 입기 시작했다고 한다. 즉, 할머니는 남자가 세상을 떠난 후 줄곧 상을 치르고 있는 셈이다.

그런 할머니를 이웃에 사는 구마 씨는 전부터 걱정하고 있었다. 원래는 밝은 성격이어서 자기는 아이를 낳지 못한다고 일찌감치 단념하고, 어린 구마 씨를 아들처럼 귀여워해 주었던 모양이다. 그래서 구마 씨는 뭔가 은혜를 갚을 길이 없을까 하고 내게 상담을 했다. 나도 할머니에게 달팽이 식당에서 사용하는 샹들리에를 받기도 했고, 뭔가 감사 표시를 할 수 있었으면 좋겠다고 생각하던 참이었다.

그날도 할머니는 역시 거무칙칙한 상복 차림으로 달팽이 식당에 나타났다.

다리가 뜻대로 움직이지 않는지 지팡이를 짚고 있었다. 한 걸음 내디딜 때마다 앞으로 고꾸라질 것 같다. 시종 고개를 숙이고 있어서 표정을 엿볼 수가 없다. 어릴 때부터의 인상이 그대로 남아, 실례지만 아무래도 유령처럼 보인다. 이 과묵한 노부인에게도 구마 씨가 말한 것처럼 쾌활하고 밝은 시대가 있었다니 '도저히'라고까진 할 수 없어도 사실 믿기 어려웠다.

며칠 전, 할머니는 구마 씨를 따라 달팽이 식당에 왔다. 내 면담에 응하기 위해서였다. 물론 필담으로 하는 면담이었지만, 할머니는 마치 나의 거울처럼 침묵을 지켜서 결국 먹고 싶은 것이 무엇인지 전혀 알아낼 수 없었다. 할머니가 아이디어를 주지 않는 이상 내가 독자적인 판단으로 메뉴를 정할 수밖에 없다.

처음에 나는 대지의 은혜로 준비한 재료를 사용한, 몸과 마음에 부드럽게 스며드는 메뉴를 선택해야겠다고 생각했다. 이를테면 송이버섯볶음, 참깨두부, 뿌리채소 수프, 계란찜 등 내가 할머니에게 물려받은 레시피 같은 것들. 하지만 잘 생각해 보니 의미가 없다는 결론이 나와서 그 아이디어는 모두 버렸다.

고민한 끝에 떠오른 것은 요리로 희로애락을 표현하는 것이었다. 단 음식은 제대로 달고, 매운 음식은 제대로 맵고, 이를테면 강약과 장단이 있는 자극적인 메뉴였다. 분명 할머니가 지금까지 먹어 본 적이 없을 음식들.

나는 할머니 속에서 가사 상태가 된 세포들을 자명종 소리처럼 다시 깨워서 활동하게 할 요리를 만들기로 했다.

　몇십 년이나 상복 차림으로 지내는 할머니를 위해 내가 생각한 메뉴는 다음과 같다.

- 개다래나무주(酒) 칵테일
- 사과겨된장절임
- 굴과 옥돔 카르파초(날것으로 얇게 저민 쇠고기나 생선 등에 야채를 곁들여 먹는 이탈리아 요리)
- 토종닭을 통째로 푹 고아 낸 삼계탕
- 햅쌀로 만든 어란(숭어, 방어, 삼치 등의 알집을 소금에 절여 말린 식품)리소토
- 새끼양고기구이와 야생버섯마늘소테
- 유자셔벗
- 바닐라아이스크림을 곁들인 마스카르포네(크림치즈의 일종. 우유 향이 나는 부드러운 맛이 특징으로 디저트에 주로 사용된다)티라미수
- 진하게 끓인 에스프레소커피

어쩌면 이 메뉴는 연로한 할머니 입맛에 맞지 않을지도 모른다. 양도 많고 유제품도 많이 들어간다.

정말로 건방진 발상이지만, 할머니에게 세상에는 아직도 알지 못하는 세계가 무한히 펼쳐져 있다는 것을 요리로 꼭 전하고 싶었다. 닫혀 버린 마음의 눈을 부디 다시 한번 반짝, 하고 떠 주기를. 그런 바람을 이 메뉴에 담았다.

설령 전부 남긴다 해도 내가 먹으면 되지, 뭐. 그렇게 생각하고 며칠에 걸쳐 준비했다. 전채로 쓸 생굴과 옥돔은 아침에 날이 밝자마자 구마 씨의 트럭을 타고 항구까지 가서 내 눈으로 직접 확인한 뒤 좋은 것을 골랐다.

밑 손질을 한 토종닭은 완전히 모습을 바꾸고 냄비 국물 속에 점잖게 들어앉아 있다. 모두 같은 소에게서 짠 우유와 생크림, 마스카르포네 치즈로 만든 티라미수도 이미 완성돼 냉장고에서 쉬고 있다.

나는 시간을 들여 아주 천천히 의자에 앉은 할머니에게 무릎 덮개를 건네고, 메시지를 보여 드렸다.

식사를 준비해 올 테니 잠시 기다려 주십시오.

그리고 예쁜 바카라 샴페인 잔에 화이트와인과 개다래나무주를 섞어 만든 오리지널 칵테일을 따라서 식전주로 냈다.

개다래나무주는 구마 씨가 준 칠 년 묵은 술로, 이 근처 숲에 벌레 먹어서 떨어진 나무 열매로 만든 증류주였다. 벌레가 골라 먹을 정도로 맛있는 열매인 것이다. 맛에 깊이를 약간 주려고 화이트와인을 섞었다. 근처 와인 공장에서 만든 이 화이트와인은 상쾌한 과일 향이 나서, 개성이 강한 개다래나무주와 궁합이 좋았다. 두 가지를 섞으니 금가루를 녹인 듯 짙은 호박색이 됐다.

돌아보니, 전에 할머니에게 받은 샹들리에 불빛이 샴페인 잔에 비쳐 마치 만화경을 들여다보는 것 같았다.

할머니를 모셔 온 구마 씨가 유리창 너머에서 내게 눈짓을 하고, 한 손을 살짝 들어 보였다. 구마 씨는 내가 고개를 끄덕이는 것을 지켜보더니 작은 트럭을 타고 돌아갔다.

바로 준비해 둔 사과겨된장절임을 할머니 앞에 세팅했다.

사과는 껍질째 반으로 잘라 소금을 뿌리고, 이틀 정도

겨된장에 넣어 두었다. 겨된장절임은 레드와인이 그렇듯 쌀겨에서 막 꺼냈을 때보다 조금 시간이 흐른 편이 공기에 닿아서 맛이 순해지므로, 할머니가 도착하기 전에 꺼내 두었다. 이렇게 하면 사과의 단맛에 소금기가 더해져 멋진 전채가 된다.

나는 마음속으로 '천천히 드세요'라고 말한 뒤 무대 인사를 하는 발레리나처럼 정중히 머리를 숙이고, 빠른 걸음으로 주방 안으로 돌아왔다. 그리고 삼계탕이 든 찜통에 불을 붙여서 닭 속까지 푹 데웠다.

찜통 뚜껑을 열자 모습이 완전히 바뀐 토종닭이 조청빛이 된 국물 속에 둥둥 떠 있었다. 며칠 전 닭이 죽던 장면이 떠올랐다. 미처 도망가지 못한 닭을 힘껏 붙잡아서 목을 비틀고 발을 누른 후, 목털을 움켜쥐고 식칼로 경동맥을 절단했다. 닭 목에서 붉은 피가 뚝뚝 흘렀다. 그래도 살아 있는지 발과 날개를 파닥거렸다.

사실은 몇 번이나 눈을 돌리고 싶었다. 내 생리혈이나 남의 코피를 보는 것조차 무서워서 현기증이 날 것 같은 겁쟁이다. 하지만 보지 않으면 안 된다고 굳게 마음먹고 눈 깜박거림조차 필사적으로 참았다.

이윽고 닭은 얌전해지고, 양계장 남자에게 잡힌 채 어이없이 절명했다.

지금 이 요리를 만들기 위해 살아 있던 닭 한 마리가 희생된 것이다.

그러니 목숨을 내어 준 토종닭을 위해서도 그리고 할머니를 위해서도 할 수 있는 최고의 요리를 만드는 것이 내 의무라고 생각했다.

나는 소금을 조금씩 넣으며 간을 보았다.

오늘은 하와이 소금을 사용했다.

오아후섬의 다이아몬드 헤드 근처에서 채취하는 천연 바위 소금으로, 안에 생강 및 허브들이 섞여 있다. 입자가 거칠고 화려한 단맛이 난다. 요전에 얼핏 할머니가 사랑했던 남자와 함께 하와이 별장에 놀러 가서 찍은 사진을 본 적이 있다는 얘기를 구마 씨에게 들었다. 그래서 사용해 보기로 한 것이다.

소금 맛이 너무 강한 것도 문제지만, 짠맛이 너무 약하면 모처럼의 소재가 엉망이 되고 만다. 나는 신중하게 소금 양을 조절해 최고의 상태에서 멈췄다.

커튼 틈으로 살짝 할머니 모습을 엿보았다.

예상은 했지만, 역시 식전주에도 첫 접시째인 전채에도 입을 대지 않았다.

그 모습을 본 나는 삼계탕을 내 가는 것은 조금 더 기다려 봐야겠다고 판단하고, 다시 커튼을 치고 주방 안으로 살짝 숨었다.

정신을 차리고 보니 창밖에는 벌써 밤이 내려앉았다.

무화과나무로 이어지는 길 입구에서 신비한 새소리가 마치 나를 격려하듯 높은 소리로 울렸다. 살짝 창문을 열자, 온몸이 코발트블루인 새 한 마리가 기분 좋게 달을 향해 날아가는 것이 보였다. 물총새일까.

모양이 예쁜 초승달 옆에 커다란 샛별이 반짝이고 있다. 마치 튀르키예 국기 같았다. 튀르키예 음식점에서 일하던 시절의 기억들이 되살아난다.

얼마 동안이나 밤하늘을 올려다보고 있었을까.

잠시 후 달그락, 하고 식기와 식기가 부딪치는 소리가 나서 커튼 너머로 식당을 들여다보니 할머니가 손에 나이프와 포크를 들고 사과겨된장절임을 천천히 입에 넣고 있었다. 자세히 보니 식전주가 아주 약간 줄었다.

나는 굴과 옥돔 카르파초를 올릴 접시를 얼른 꺼냈다.

장갑을 끼고 전용 나이프로 생굴 껍데기를 까니 통통한 살이 나왔다. 아무것도 뿌리지 않은 그대로의 상태로, 하얀 접시에 생굴을 올렸다. 옥돔 카르파초도 함께 놓았다. 옥돔은 반나절 동안 다시마로 묶어 두었다가 소금과 올리브유를 뿌렸다. 그 접시를 내간 다음, 드디어 삼계탕 준비에 들어갔다.

국물 속에서 뜨거워진 닭을 도마에 올리고 칼로 배를 갈랐다. 안에 들어 있던 우엉과 찹쌀이 고급스러운 닭 육수를 머금어 향긋한 냄새가 나는 김이 모락모락 났다. 냄새를 맡는 것만으로 몸이 후끈 달아올랐다.

따끈따끈한 삼계탕을 그릇에 담아서 가져갔을 때 할머니는 식전주를 다 마시고 사과겨된장절임과 생굴도 이미 다 먹은 뒤였다. 나는 옥돔 카르파초가 남은 접시를 옆으로 치우고, 삼계탕이 든 뚜껑 달린 그릇을 할머니 앞에 조용히 놓았다.

손님이 시키지 않는 한 조금이라도 요리가 남은 접시는 치우지 않는다는 것이 웨이트리스로서 나의 신념이다. 그리고 다시 무대 인사를 하는 발레리나처럼 인사하고 주방으로 사라졌다.

햅쌀로 만든 어란리소토도, 시간이 들긴 했지만 할머니는 남김없이 다 먹었다.

그동안 나는 오늘의 메인 요리인 새끼양고기구이를 완성시켰다.

이번에는 등 부위의 고기를 사용했다. 머스터드를 듬뿍 바른 고기를 빵가루로 싸서 아몬드유로 구웠다. 빵가루에는 잘게 다진 마늘과 루콜라를 섞었다. 양고기는 지방의 녹는점이 낮아서 뒷맛이 담백하다. 아무리 입에 넣고 씹어도 삼키고 몇 초만 지나면 산들바람에 쓸려가듯이 자취를 감춘다. 배가 불러도 술술 잘 들어간다.

곁들인 버섯은 몇 시간 전 구마 씨가 가르쳐 준 숲속 비밀 장소에서 찾아냈다. 산나물과 버섯이 자라는 장소는 부모 형제에게도 가르쳐 주지 않는다고 할 정도로 소중한 비밀이다. 구마 씨가 내게 마음을 열어 주었다는 사실이 기뻤다. 막 따 온 야생 버섯은 마늘을 잔뜩 넣고 소테로 만들었다.

프라이팬에 새끼 양고기를 굽다가 문득 테이블 쪽을 보니, 식전주 잔이 완전히 비었다. 그래서 도중에 레드와인 병을 따 할머니 테이블로 가서 잔에 따랐다. 이것도 화이트와인과 같은 와인 공장에서 지역산 포도를 사용해 만든 유기농 와인으로, 맛을 보니 아주 짙고 향이 좋아서 새끼 양고기구이에 잘 어울렸다.

어쩌면 레드와인도 마셔 줄지 몰라.

그런 희미한 희망이 내 가슴을 스쳤다. 그리고 기대했던 대로 레드와인은 조금씩 할머니 몸속으로 들어갔다.

그 마른 몸 어디에 그렇게 많은 음식을 담을 위가 있는 걸까. 식욕이 왕성했던 인도인 남자 친구조차 남겼을지 모르는 엄청난 양의 풀코스 메뉴를 할머니는 작은 입으로 천천히 꼭꼭 씹어 전부 먹었다.

레드와인을 한 병 다 마신 할머니가 입가심을 위해 유자셔벗을 먹을 단계가 된 것은 부엉이 영감이 밤 열두 시를 알리기 몇 분 전이었다.

그동안 할머니가 무슨 생각을 하며 내가 준비한 음식을 먹었는지는 모른다. 할머니는 제법 많은 술을 마셨는데도 안색 하나 바뀌지 않았고, 취해서 흐트러지는 법도 없었다. 마지막까지 과묵한 노부인의 모습을 굳게 지켰다.

나는 디저트로 마스카르포네로 만든 티라미수와 함께

내놓을 아이스크림 재료를 들고 달팽이 식당 밖으로 나
왔다.

할머니 손 옆에는 그라파(와인을 만들고 난 찌꺼기를 증
류한 술로, 이탈리아에서 소화를 돕기 위해 식후에 즐겨 마신
다) 잔이 놓여 있다. 할머니가 식후주를 마실 동안 차가
운 바깥 공기를 이용해 아이스크림을 만들려고 식당에
서 한 걸음 밖으로 나간 순간, 뱃속까지 얼어붙을 것 같
았다. 주변 일대가 찬 공기로 꽉 차 있었다.

재료를 담은 스테인리스 볼을 얼음물 안에 넣고 그 안
에서 있는 힘껏 거품기를 돌렸다. 문득 올려다본 하늘에
는 크고 작은 별들이 잔뜩 떠서 말없이 반짝이고 있다.

행복했다.

너무 행복해서 가슴이 메어 왔다. 금방이라도 호흡 곤
란으로 죽어 버릴 것 같을 만큼 행복했다.

넓은 하늘 아래에서 이렇게 누군가를 위해 아이스크림
을 만드는 내 모습은 상상도 하지 못했다. 그것도 이렇게
빨리, 오랜 세월 품어 왔던 꿈이 이루어질 줄이야……

거품기를 움직이는 소리가 사각사각 음악처럼 어둠
속에 울렸다.

도중에 넣은 럼주의 좋은 냄새가 코를 간질였다.

입에서 나오는 하얀 입김이 차가운 밤을 조금씩 녹여 갔다.

문득 뒤돌아서서 달팽이 식당 안을 들여다보니, 커튼 너머로 그라파가 든 잔을 기울이는 할머니의 모습이 그림자 그림처럼 선명하게 비쳤다. 잔은 외할머니가 엄마에게 선물한 다이쇼 시대의 에도키리코(컷글라스)다. 그것은 할머니의 주름진 손바닥 안에서 보석처럼 빛났다.

타이밍을 재서 마스카르포네티라미수와 바닐라아이스크림을 담고, 진하게 끓인 에스프레소커피와 함께 가져갔다. 커피콩은 오키나와산이다. 오키나와에서 만든 흑설탕도 함께 냈다. 그 앞에서 조용히 손을 모은 채 눈을 감고, 정성껏 기도를 올리는 수녀님 같은 모습의 할머니.

나는 그 모습을 구마 씨 때와 마찬가지로 커튼 틈에서 손거울로 보고 있었다. 내 손이 떨리는 탓에 손거울에 비친 상도 움찔움찔 같이 흔들렸다.

칠십 년이 넘는 세월을 살아온 할머니다. 마치 외국의

오래된 흑백 영화를 보고 있는 것 같았다. 돌아가신 분을 그리워하며 몇십 년이나 웃지도 않고 그저 일편단심 상복만 입고 지내다니…… 어떤 심정일지 상상만 해도 정신이 아득해진다. 그렇게까지 그리워하는 사람과 두 번 다시 만날 수 없다는 절망감이란 얼마나 깊은 어둠일까.

할머니는 에스프레소커피를 얇은 입술로 한 모금 마시더니, 방금 만든 바닐라아이스크림을 오래된 은 스푼으로 떠서 그대로 입안에 머금었다.

손거울 속의 할머니는 눈을 감은 채 꼼짝 않고 있었다. '너무 차가워서 혀가 시린 걸까?' 내가 그런 걱정을 하고 있을 때 할머니는 다시 눈을 뜨더니, 몹시도 아득한 시선으로 천장에 달린 샹들리에를 올려다보았다.

아마 샹들리에에 담긴 작은 불빛들이 사랑했던 남자와 할머니의 비밀스러운 생활을 희미하게 비추고 있었을 것이다. 할머니는 다시 에스프레소를 한 모금 마시고, 이번에는 티라미수를 스푼으로 한 입 떠 입에 넣었다. 그리고 다시 눈을 감고 천천히 샹들리에를 올려다보았다.

결국 할머니는 준비한 식사를 남김없이 먹어 주었다.

마지막 한 모금까지 에스프레소커피를 다 마신 후, 할머니는 내 손거울을 향해 속삭였다. 마치 봄볕처럼 부드러운 목소리로.

"잘 먹었어요. 아주 맛있게요. 정말 고마워요."

그리고 정중히 머리를 숙였다.

처음 듣는 할머니의 목소리는 매끄럽고 품위가 있어서, 표면의 울퉁불퉁하고 까칠한 부분을 사포로 깨끗이 닦아 놓은 것 같았다. 나는 할머니의 목소리에 넋을 잃었다. 그때 아주 잠깐이지만, 무지갯빛을 띤 젊은 날 할머니의 모습을 본 듯한 기분이 들었다.

"잠깐 좀 눕고 싶네요."

자리에서 일어선 할머니가 그렇게 부탁해서 나는 기다렸다는 듯이 와인 상자로 만든 간이침대로 안내했다.

삼계탕이 효과를 본 것이리라.

살짝 닿은 할머니의 손가락 끝이 따뜻했다. 혈액 순환이 좋아져서 푹 잠들면 좋겠다.

할머니는 그대로 다음 날 아침까지 달팽이 식당에서 잤다.

며칠 후, 구마 씨에 이어 할머니에게까지 기적이 일어 났다.

그렇게도 상복만 고집하던 할머니가 상복이 아닌 옷을 입고 외출하고, 지팡이도 짚지 않고 걸어 다니기 시작했다.

내가 요로즈야 슈퍼마켓에서 일용품을 사고 있을 때였다.

등 뒤에서 왠지 모르게 화사한 기운이 느껴져서 돌아보니, 빨간 코트를 입고 걸어가는 노부인의 모습이 보였다. 더욱이 머리에는 러시아 사람들이 쓰는 털이 폭신폭신하고 호화로운 모자를 쓰고 있다.

처음에는 할머니를 알아보지 못했다. 외국에서 실수로 이 마을에 오게 된 부잣집 노부인이 신기해하며 일본 시골 슈퍼마켓을 구경이라도 하는 줄 알았다.

하지만 자세히 보니 분명 며칠 전 달팽이 식당에서 식사를 하고 간 할머니였다. 얇은 입술에는 세상에, 옅은 복숭앗빛 립스틱까지 발랐다.

이 일은 조용한 산골 마을의 빅뉴스가 돼 입에서 입으로 전해지며 눈 깜짝할 사이에 퍼졌다.

다음 날 내가 구마 씨에게 들은 얘기는 이렇다. 그날 밤 달팽이 식당에서 식사를 마치고 와인 상자로 만든 간이침대에서 잠들었을 때, 할머니는 꿈을 꾸었다고 한다. 오래전 돌아가신 그분이 할머니 꿈에 나타났다는 것이다.

할머니는 꿈속에서라도 그를 만나게 해 달라고 매일 밤 기도하면서 살아왔다고 했다. 하지만 단 한 번도 소원이 이루어지지 않았다. 그런데 그날 밤, 그토록 사랑했던 그와 드디어 재회했다.

그분은 베갯머리에 서서 할머니에게 곧 천국에서 만날 수 있을 테니 그때까지 남은 인생을 즐기길 바란다고 텔레파시처럼 전했다고 한다.

구마 씨는 할머니가 몹시 행복해했다고 전해 주었다. 이렇게 된 것은 모두 달팽이 식당에서 내 요리를 먹었기 때문이라고 또 성급한 결론을 내렸다.

이렇게 해서 달팽이 식당의 요리를 먹으면 사랑과 소망이 이루어진다는 그럴듯한 소문이 조금씩 이 마을 저 마을 사람들에게로 퍼지게 됐다.

"사토루와 서로 사랑하게 해 주세요."

할머니의 소문을 듣고 곧바로 구마 씨를 통해서 편지를 전한 사람은 모모 양이었다. 보통은 휴대전화나 메일로 연락을 주고받는데, 편지를 보냈다는 점이 인상적이었다.

봄날 같은 기분 좋은 날씨에 모모 양은 사토루 군과 함께 자전거를 타고 달팽이 식당에 나타났다. 모모 양은 읍내 고등학교에 다니는 학생으로, 얼굴에는 아직 천진함이 남아 있었다.

며칠 전 혼자 면담하러 온 모모 양은 아주 밝고 발랄하게 가족과 학교 친구 얘기를 들려주었다. 그러나 사토루 군 앞에서는 남의 집에서 데려온 고양이처럼 얌전했다. 긴장했는지 내가 테이블로 안내해도 서로 한마디도 나누지 않았다. 그 모습을 보고 있으니 절로 미소가 지어졌다.

나는 우물쭈물하고 있는 두 사람을 그 자리에 남겨 두고, 주방으로 돌아가서 수프 준비를 시작했다. 슬쩍 내다보니 창으로 들어오는 빛이 테이블 위에서 조용히 흔들리고, 공중에 날리는 먼지마저 방황하는 것 같았다. 뭔가 한 폭의 아름다운 그림을 보는 듯한 기분이 들었다.

어떻게든 모모 양의 사랑이 이루어지도록 돕고 싶었다. 그래서 나도 며칠 전부터 얼마 안 되는 연애 경험을 되뇌며 무엇을 만들면 좋을지 진지하게 생각했다. 처음에는 단 음식이 좋을지도 모른다고 생각해서, 애플파이와 바움쿠헨 그리고 크레이프를 시험 삼아 만들어 보았다. 하지만 디저트를 직접 맛보면서 '지금 내 눈앞에 사랑하는 사람이 있다면…….' 하고 상상하니, 가슴이 떨려서 조금도 먹을 수 없었다.

나도 그 시절에는 사랑이 시작될 무렵 특유의 쓸쓸함 같기도, 또 쌉쌀함 같기도 한 나른한 느낌에 싸여 누군가를 좋아하는 마음만으로도 늘 배가 불렀다. 게다가 포크와 나이프를 능숙하게 사용하지 않으면 먹지 못하는 음식은 좋아하는 사람과 식사할 땐 피하는 편이 좋겠다는 결론을 내렸다.

그래서 아무리 긴장해서 몸이 굳어져도, 새콤달콤함에 가슴이 타도 쑥쑥 잘 넘어가도록 수프를 만들기로 했다. 들어가는 재료는 사전에 미리 생각하지 않고 실제로 두 사람을 만나 본 후 영감으로 정하기로 했다.

나는 주방에 있는 야채 중에서 재료를 골라 잘게 다

지고, 익는 데 오래 걸리는 순서대로 버터에 볶았다. 호박을 고른 것은 사토루 군이 감고 있던 산뜻한 겨자색 목도리가 예뻐서. 당근은 창 너머에 펼쳐진 노을 색을 표현하고 싶어서. 마지막으로 사과를 추가한 이유는 모모 양의 귀여운 뺨이 빨간 사과를 닮아서였다.

냄비 속에서 많은 이미지가 섞여 점점 하나가 돼 갔다. 마치 화가가 본능에 따라 그림 도구를 고르는 것처럼 나는 직감에만 의지해 즉흥적으로 요리했다.

월계수가 든 수프스톡을 넣어 보글보글 끓이고 마지막에 바믹스(핸드 믹서의 상표)로 휘저어 섞자 연한 색의 걸쭉한 수프가 완성됐다. 사랑에는 괜한 소도구가 필요 없다고 생각해서 간은 소금만으로 했다. 우유나 생크림으로 맛을 더하거나, 특별한 조미료나 향신료 같은 것도 굳이 사용하지 않았다.

완성된 수프를 하트 모양의 빨간 냄비에 담아서 테이블로 서둘러 들고 나갔다. 수프를 끓이는 동안 테이블 세팅은 끝났다. 식기 전에 먹을 수 있도록 재빨리 준비를 마쳤다.

뚜껑을 연 순간, 기분 좋은 김이 피어올랐다. 사랑을

이루어 주기 위해 파견된 요정이 된 것 같았다. 흘리지 않도록 신중하게 나무 그릇에 수프를 담는 내 손을 두 사람이 말끄러미 지켜보았다. 펠트로 만든 테이블 매트에 나무 스푼을 놓고 수프 그릇도 내려놓았다. 두 사람 앞에 각각. 빨간 냄비 속에는 아직 여분의 수프가 많이 남았다.

자, 어서 드세요.

나는 정중하게 머리를 숙인 뒤 빙그레 웃으며 주방으로 사라졌다.

도중에 식당 안이 좀 어두워져서 테이블에 밀랍 양초를 가져갔더니, 사토루 군이 자리를 이동해 모모 양 옆에 앉아 있었다. 두근거리면서 냄비 뚜껑을 열어 보자, 수프는 바닥을 드러낸 상태였다.

"잘 먹었습니다."

모모 양이 속삭이듯 말했다. 그 목소리에는 '지금, 아주 조금이라도 이 자리의 공기를 움직이고 싶지 않아요'라는 강한 바람이 담긴 것 같았다. 두 사람은 몸과 몸을 맞대고 한 쌍의 새처럼 체온을 나누고 있었다.

춥지 않으세요?

나는 되도록 두 사람을 방해하지 않으려고, 필담 노트에 재빨리 써서 모모 양에게 건넸다. 그때 처음으로 두 사람이 테이블 아래에서 손을 잡고 있음을 알았다. 그 사소하지만 벅찬 행복이 전해져서 내 가슴에도 밀랍 양초의 불빛이 켜졌다.

나는 빈 나무 그릇도 스푼도 하트 모양의 냄비도 치우지 않고, 그대로 주방으로 돌아왔다. 그리고 두 사람이 마음껏 스킨십을 할 수 있도록 가능한 한 큰 소리로 수돗물을 틀어서 사용한 도구들을 깨끗이 씻었다. 모모 양의 소원이 이루어진 것이 기뻐서 마음속으로 허밍을 하며 춤이라도 추고 싶은 기분이었다.

뒷정리를 마친 뒤, 나는 커플 탄생을 축하하며 한입 크기의 마카롱을 서비스하려고 작은 접시 위에 준비했다. '배 속까지 핑크빛으로 물들여 줘야지'라고 생각하면서 나무딸기크림을 바른 진한 핑크색 마카롱을 골랐다.

이것으로 두 사람이 더 달콤한 기분이 될 거라고 상상하니, 나도 모르게 얼굴에 웃음이 피어올랐다. 나는 춤을 추듯 서둘러 테이블로 갔다. 하지만 주방 입구에서 얼른 발을 멈추었다.

조용히 커튼 끝을 들추자 모모 양과 사토루 군이 수프 맛의 키스를 나누고 있었다. 서로 마주 보며 눈을 꼭 감은 채 조각상처럼 움직이지 않았다. 나는 두 사람을 줄곧 지켜보고 싶은 기분이었지만, 조용히 커튼을 원래대로 내려놓았다.

살금살금 뒷문으로 밖에 나와서 한참 동안 허브 정원의 잡초만 뽑아 댔다. 올려다본 하늘에 반짝이는 별은 두 사람의 사랑이 시작되는 순간을 축복해 주는 것 같았다.

나는 두 사람이 있고 싶은 만큼 있을 수 있도록 달팽이 식당을 개방했다. 벌써 해가 졌으니 빨리 돌아가야 할 텐데, 하고 걱정하면서도 모모 양과 사토루 군이 일 초라도 더 달콤한 시간을 보내게 하고 싶었다. 유방산에서 거의 보름달에 가까운 달이 얼굴을 내밀 무렵, 두 사람은 겨우 자리에서 일어나 나란히 손을 잡고 돌아갔다.

그 후, 계절 야채로 만든 수프는 달팽이 식당의 간판 메뉴가 됐다. 누군가가 '주 뗌므(Je t'aime, 프랑스어로 '사랑해'라는 뜻) 수프'라고 이름을 붙여 블로그에 올려서, 그 이름이 널리 퍼지게 됐다.

그래서 나는 사랑을 이루고 싶어서 찾아온 손님들에게 주 뗌므 수프를 만들어 대접했다. 조합하는 야채와 양이 매번 다르기 때문에 나 스스로도 매번 깜짝 놀랄 맛이 탄생한다.

그로 인해 내 안에서 야채에 대한 생각이 크게 변했다. 지금까지는 모든 요리를 내가 만든다고 생각했지만, 사실 단순히 재료를 조합하는 데 지나지 않았다. 그 사실을 이제야 깨닫게 됐다. 야채를 키운 것은 농민들이고, 더 나아가서 본다면 농민들도 야채를 키울 수는 있어도 야채의 씨를 만들어 낼 수는 없다.

나는 주 뗌므 수프를 통해 아주 소중한 것을 배웠다.

주 뗌므 수프의 효과가 있었는지 어땠는지 모르지만, 그 후 달팽이 식당에서는 귀여운 커플들이 몇 쌍 더 탄생했다.

그것이 계기가 돼 훗날 맞선 요리까지 부탁받게 됐다.

아무르의 손님 가운데 유명한 중매쟁이 아줌마가 있는데, 주 뗌므 수프의 소문을 듣고 "제발, 꼭!"이라며 엄마를 통해 무리한 의뢰를 해 온 것이다.

삼십 대 후반 남녀의 맞선으로, 아주머니는 무슨 일이 있어도 이번 맞선을 성공시키겠다며 의욕이 대단했다.

하지만 나는 억지로 두 사람을 맺어 주는 데는 반대였다. 다만, 만약 서로에게 마음이 있는데 첫걸음을 내딛지 못하는 거라면 그 계기를 만드는 정도로는 참여해도 좋겠다고 생각했다.

중매쟁이 아주머니의 얘기에 따르면 두 사람 다 지금까지 몇 번이고 맞선을 봤지만, 서로 이상이 높아서 좀처럼 예스를 하지 않았던 모양이다. 남자는 농가의 대를 이을 아들로 평일에는 이웃 마을 주민센터에서 일하고, 주말에만 밭일을 돕는다고 했다. 하지만 양친이 고령이어서 슬슬 농사를 물려받아야 하는 듯했다. "내성적인 성격이 문제"라는 것이 중매쟁이 아주머니의 부연 설명. 한편 여자는 고등학교 국어 선생님으로 '늘씬한 미인'이라고 했다.

농군 후계자 쪽은 키가 작아서 백육십팔 센티미터 정

도인 데 비해, 선생님은 백칠십오 센티미터. 그러나 서로 별로 문제 삼지 않는 듯 상대방 사진을 보고 첫인상은 그리 나쁘지 않은 것 같다고 했단다.

다만 한 가지 곤란한 점이라면 식성이 정반대였다.

후계자는 고기나 생선을 메인으로 한 담백한 서양 요리를 좋아하는데, 선생님은 채식주의에 가까운 것 같다. 아무리 생각해도 같은 메뉴를 함께 내는 것은 무리다. 만약 마음이 맞아서 결혼해도, 장래에는 식성이 맞지 않아 헤어지는 것이 아닐까 하는 걱정마저 들었다.

"어떤 방법을 써도 좋으니까 링고, 부탁할게."

아주머니는 면담을 마치고 간사한 목소리로 그렇게 말하더니, 내 등을 탁 치고 돌아갔다.

약속한 날이 돼 아주머니의 자택에서 만난 두 사람은 예정대로 점심때가 지나서 달팽이 식당에 나타났다. 둘을 안내한 아주머니는 자기가 맞선의 주인공인 것처럼 핑크색 원피스를 쫙 빼입고 긴장한 모습이었다. 그리고 뒤이어 당사자 두 사람이 민망해하는 모습으로 천천히 들어왔다.

중매쟁이 아주머니는 한바탕 연설을 하고 나서,

"그다음은 젊은 두 사람에게 맡기고, 늙은이는 이만 물러갑니다."

라는 틀에 박힌 대사를 남기고는 내게 윙크하고 돌아갔다.

아주머니의 빨간 포르셰가 시동을 걸고 급출발하자 그 자리에 같이 있던 나를 포함해 처음 만난 세 사람이 동시에 휴, 하고 가슴을 쓸어내렸다. 나는 마음을 가다듬고 요리 준비를 했다. 그 후 식당에서는 대화 소리가 거의 들리지 않았다.

두 사람의 기호를 생각하면 결국 내게는 그 방법밖에 생각나지 않았다. 그것은 야채만을 이용한 프랑스 요리다. 고기와 생선을 사용하지 않고 프랑스 요리를 어떻게 만들까 의아해하기 쉽지만, 야채 자체에 힘이 있으면 야채를 중심으로 메뉴를 짤 수 있다. 여기에는 따로 간직한 비법이 있다.

나는 프랑스 음식점에서 수련하던 시절을 떠올리며 '간은 섬세하게, 비주얼은 대담하고 아름답게'라는 명제 아래 차례차례 요리를 완성해 갔다.

전채는 딸기샐러드. 신선한 루콜라와 물냉이와 딸기

를 발사믹 식초로 버무렸다.

메인 요리 첫 접시는 인삼튀김. 껍질을 깎지 않은 채
세로로 크게 반으로 나눈 인삼에 빵가루를 묻혀서 식물
성 기름에 바삭하게 튀겼다. 거기다 야채샐러드를 곁들
이자 근사한 새우튀김처럼 보였다.

메인 요리 두 번째 접시는 무스테이크. 가볍게 데친
무를 반건조한 송이버섯과 함께 소테로 만들었다. 간은
소금과 간장과 올리브유.

처음에는 "물이면 됩니다" 하며 고개를 숙이고 있던
두 사람이었다. 도중에 역시 알코올이 필요했는지, 글라
스 와인으로 화이트와 레드를 각각 주문했다. 여전히 대
화는 별로 없었지만, 분위기가 나쁘지 않은 것은 두 사
람의 표정을 보면 알 수 있다.

그리고 엄밀하게는 프랑스 요리가 아닐지도 모르지만
리소토도 만들었다. 리소토에는 시금치퓌레를 넣고, 통
보리와 잘게 다진 호두를 넣어 볼륨감을 준 뒤 건조 토
마토와 파슬리도 넣었다.

그리고 주 뗌므 수프는 주방에 있는 모든 야채를 넣
고 끓였다.

양파, 파, 감자, 시금치, 호박, 당근, 고구마, 파프리카, 우엉, 연근, 무, 배추, 콜리플라워……. 용수로에서 한 줌만 뜯어 온 물냉이, 미나리, 파드득나물도 넣었다. 무스 테이크를 하고 남은 껍질과 당근 뿌리까지 전부 넣었다.

나는 그 수프를 한입 맛보고 깜짝 놀랐다. 소금을 넣지 않아도 될 정도로 맛이 완성됐기 때문이다.

디저트로 낼 자색고구마 크렘브릴레를 오븐으로 굽는 동안, 나는 가슴을 두근거리며 테이블 쪽으로 나갔다. 그리고 앞치마 주머니에 들어있는 필담 노트에,

만족스럽게 드셨습니까?

라고 써서 두 사람 사이에 내밀었다.

"이렇게 멋진 야채 요리, 처음 먹어 봤어요!"

먼저 탄성이 터진 것은 선생님이었다. 후계자도 뒤이어 말했다.

"훌륭했습니다. 이건 어디서 특별히 주문한 야채입니까?"

기대하던 질문이 나오니 내심 날아오를 것 같았다. 나

는 서둘러 필담 노트에 대답을 썼다. 하지만 너무 기뻐서 마음속 말을 손가락 끝이 따라가지 못했다. 결국 애가 타서 "모두 이 남자분의 밭에서 키운 야채입니다"라고 손짓 발짓으로 두 사람에게 설명했다.

"네?"

후계자는 순간 깜짝 놀란 모습이었다. 그리고 그를 보는 선생님의 눈빛도 달라졌다.

실은 며칠 전, 구마 씨에게 부탁해 후계자의 밭까지 가서 야채를 얻어 왔다. 그 사실은 당일까지 후계자에게 비밀로 했다. 중매쟁이 아주머니의 말을 들어 보니 후계자는 자신이 농가의 후계자라는 것을 자랑스럽게 생각하지 않는 것 같았다.

어쩌면 이번 요리를 통해 그런 생각을 깨끗이 씻어 냈을지도 모른다. 내게는 두 사람의 맞선 결과보다 그 사실이 더 기뻤다.

그때, 주방에서 찡 하는 오븐 소리가 들려서 나는 황급히 그 자리를 떠났다. 겉에다 가루 설탕을 뿌려서 토치로 살짝 열을 가하니 표면은 딱딱하고 안은 촉촉한, 자색고구마의 단맛만으로 만들어진 크렘브륄레가 완성됐다. 물론 이 자색고구마도 후계자의 밭에서 키운 것이다.

디저트가 식기 전에 서둘러 두 사람 앞에 내놓았다. 그리고 은은하게 장미 향이 나는 로즈티를 찻주전자에 가득 담아서 가져갔다. 디저트를 먹을 때쯤에야 겨우 두 사람 사이에 대화가 오가고 있었다.

이윽고 또 다른 옷으로 갈아입고 나타난 중매쟁이 아주머니를 따라, 두 사람은 달팽이 식당을 뒤로했다. 돌아갈 때 후계자가 내게 악수를 청했다. 투박한 그 손에는 힘이 담겨 있었다.

밖에는 어둠이 내리고 있었다. 플라밍고 같은 핑크색 하늘이었다. 왔을 때와는 전혀 다른 표정이 된 후계자와 선생님의 온화한 얼굴이 언제까지고 내 마음에 아름다운 무늬처럼 남았다.

그렇다고 나와 달팽이 식당이 모든 사람들에게 따뜻한 사랑을 받은 것은 아니다.

이상한 소문이 나기 시작한 어느 날의 일. 갑자기 보건소의 위생관리과 공무원 몇 사람이 우르르 찾아왔다.

달팽이 식당에서 '도마뱀을 구워서' 요리에 섞는다고 누군가 보건소에 신고했던 모양이다. 제일 나이 많은 공무원의 말에 따르면 도마뱀 암컷과 수컷을 구워서 가루로 만든 '반하는 약'을 음식에 몰래 뿌리기도 하고, 술에 넣어 마시게 해 효과를 보고 있다는 신고가 들어왔다는 것이다.

하지만 나는 '도마뱀구이'라는 말 자체를 그때 처음 들었고, 물가에서 팔랑이며 헤엄치는 도마뱀을 보는 것은 좋아하지만 구워서 가루로 만들어야겠다는 생각은 단 한 번도 한 적이 없다. 공무원도 그 점은 이해한 듯 혹시나 하며 주방의 서랍을 열기는 했지만 이내 와이와이덮밥을 먹고 돌아갔다.

와이와이덮밥은 할머니가 고안한 것으로, 밥 위에 나폴리스파게티를 얹어 먹는 덮밥이다. 시간이 없을 때 만드는 할머니의 특기 음식이었다. 할머니는 약상자를 점검하고 채워 주는 행상인이나 전화선 공사를 하러 온 전화국 사람에게도 요리를 대접했다.

도마뱀구이는 해프닝으로 끝났지만 며칠 후 더 심각

한 사건이 일어났다.

구마 씨의 지인 중에 구마 씨를 통해 나에게 메일을 보낸 남자가 있었다. 사실은 전날까지 직접 만나서 면담을 하는 것이 제일 좋지만, 남자가 바쁘다는 이유로 대신 몇 번 메일만 주고받게 됐다.

그쪽에서 보내온 메일은 항상 짧아서 알고 싶은 것의 반도 쓰여 있지 않았다. 아마도 자기 얘기를 별로 많이 하고 싶지 않은 것 같았다.

어쩌면 소문을 듣고 그냥 달팽이 식당의 음식을 한번 먹어 보고 싶었던 것뿐일지도 모른다. 그런 손님이 나타나는 것도 이상한 일은 아니다.

그는 오후 세 시부터 네 시 사이밖에 시간을 낼 수 없다고 했다. 그래서 그날은 특별히 예약을 두 팀 넣기로 하고, 저녁 손님이 오기 전에 그 남자에게 요리를 만들어 주기로 했다. 예산은 천 엔까지로, 샌드위치를 먹고 싶다는 것이 그 사람에게 들은 유일한 희망 사항이었다.

점심을 먹고 두세 시간밖에 지나지 않았으니, 양이 많은 샌드위치는 잘 먹히지 않을 것이다. 마침 간식 시간이니까 나는 과일 샌드위치를 만들기로 했다.

이 시기는 서양배가 제철이다. 나는 즉시 달팽이호를 타고 마을 변두리에 있는 과수원으로 갔다. 그리고 과일 샌드위치를 만들 즈음에 가장 좋은 상태가 될 만한 것을 골라서 가져왔다. 달팽이 식당 주방에서 보낸 사오일 동안 서양배는 향긋하고 달콤한 향기를 발산했다.

약속 당일, 나는 아직 전날의 어둠이 채 가시지도 않은 시간에 일어나서 준비를 시작했다. 엘메스조차 코를 골며 잠들어 있었다.

과일 샌드위치에 쓸 빵은 영국 식빵의 반죽에 건포도를 넣어서 만들었다. 건포도는 전날 밤부터 물에 담가 부드럽게 불려 놓았다. 나는 반죽을 몇 번이나 판에 쳐서 탄력이 확실하고, 결이 촘촘한 빵 반죽을 만들었다. 밀가루도 농가에서 겨우 구한 무농약 밀가루였다. 기분 탓인지 모르지만 국산 밀가루는 반죽할 때의 촉감이 다르다. 그렇게 완성한 반죽은 천천히 시간을 들여 발효시켰다.

크림은 평소 사용하는 생크림괴, 요구르트에서 유청을 제외하고 지방분으로만 만든 크림을 반씩 섞어서 만들었다. 요구르트 크림은 인도의 '슈리칸드'라는 디저트를 만들 때와 같은 방법으로 옛날에 남자 친구가 간식으로 곧잘 만들어 준 것이었다.

밤에 요구르트를 천에 싸서 싱크대 위에 매달아 두면 다음 날 아침 요구르트는 확 줄어들고 천에는 진한 크림만 남는다. 생크림은 너무 진하고 요구르트 크림은 너무 담백하지만, 둘을 섞으면 적당한 감칠맛과 산뜻함이 생겨서 과일에서 흐르는 즙을 제대로 방어해 준다. 이거라면 빵에 발라도 수분으로 눅눅해질 염려가 없다.

건포도 식빵은 점심때가 지나서 구웠다. 다음은 손님이 오기 직전에 만들면 되니 그동안 저녁 손님 식사를 준비하기로 했다.

저녁은 달팽이 식당으로서는 인원수가 많은 아홉 명의 파티였다. 아마 그중 어떤 사람과 어떤 사람을 연결시키려는 은밀한 희망이 숨어 있는 것 같았다. 나는 모두 즐겁게 먹을 수 있도록 큰 흙냄비에 부야베스(해산물을 모둠냄비식으로 익힌 마르세유 지방의 수프 요리)를 만들기로 했다. 안에 넣을 어패류는 아까 구마 씨가 트럭으로 배달해 주었다.

정신을 차리고 보니 어느새 오후 두 시 반이 지나서, 서둘러 과일 샌드위치를 만들었다. 샌드위치에 생선 비린내가 배지 않도록 비누를 묻혀서 팔까지 뽀득뽀득 씻었다. 생선에서 나온 음식물 쓰레기도 모두 비닐봉지에 담아서, 엘메스의 먹이를 만드는 전용 양동이에 넣고 왔다. 노파심에 한 번 더 치약과 소다를 섞어서 손을 뽀득뽀득 씻고, 비로소 깨끗한 기분이 돼 건포도 식빵을 빵칼로 잘랐다. 씻은 손은 치약 성분 때문에 아플 정도로 따가웠다.

빵에 물기가 스며드는 것을 막고 맛에 깊이를 더하기 위해 빵 표면에 수증기를 쐰 밀크초콜릿을 얇게 발랐다. 쌉쌀한 다크초콜릿보다 밀크초콜릿 쪽이 크림과 과일과의 궁합이 좋다. 한입 물면 폭신폭신한 빵 사이에서 과일즙이 자르륵 넘치고, 씹는 동안 은은하게 초콜릿 맛이 입안에 퍼진다.

생크림과 요구르트 크림을 바르고, 거기에 벌꿀을 떨어뜨려 맛을 조절했다. 벌꿀은 취미로 양봉을 시작한 이웃 샐러리맨에게 무리하게 부탁해서 얻었다.

마지막으로 도착 예정 시간이 거의 다 됐을 때 서양

배를 깎아서 얇게 썬 후, 크림을 바른 빵에 끼워 샌드위치를 완성했다. 먹기 쉬운 크기로 잘라서 접시에 올리자 식빵의 순백, 크림의 유백색, 서양배의 비춰빛이 도는 흰색이 깜짝 놀랄 만큼 훌륭한 그러데이션을 이루었다. 건포도의 물방울무늬는 귀여운 악센트가 됐다.

남자가 도착하자마자 나는 '어서 오십시오' 하는 의미를 담아 정중하게 머리를 숙이고 바로 준비에 들어갔다.

남자는 메일을 교환하며 생각했던 이미지보다 나이가 많아 보였다. 머리카락은 칠 대 삼 비율로 백발 쪽이 우세했다. 몸집은 작지만 골격이 탄탄하고, 흰색과 푸른색의 줄무늬가 들어간 셔츠에 질이 좋아 보이는 감색 울 조끼를 입었다. 목에는 연지색 스카프를 자연스럽게 감고 있었다.

상상보다 훨씬 느낌이 좋은 사람이었다. 처음 보는 사람을 위해 요리를 만드는 것은 늘 어려운 일이라 그때까지 조금 긴장했다.

나는 얼른 남자의 얼굴과 몸짓을 보고 차 종류를 판단했다. 그리고 물을 끓여 홍차를 우리고, 남자가 바로 먹을 수 있도록 재빨리 준비했다.

홍차는 랍상소우총(솔잎을 태워 그을린 소나무 향이 나는 홍차의 종류)이라는 독특한 향기가 나는 차로 했다. 과일 샌드위치가 달콤한 맛이니까, 강약을 주는 의미에서도 그 차가 좋을 것이다. 크림이 부담스럽게 느껴져도 랍상소우총을 마시면 입안과 목이 산뜻해진다. 과일 샌드위치와 홍차를 테이블에 세팅하고 나는 늘 그랬듯 발레리나식 인사를 한 뒤 커튼을 닫고 주방으로 조심스럽게 물러났다.

빵이 구워진 상태나 건포도를 불린 정도, 크림의 달기, 서양배의 숙성도 모두 완벽했다. 어쩌면 지금까지 만든 과일 샌드위치 중에 최고 점수일지도 모른다. 나는 기대로 가슴이 부풀었다. 그러나 그것은 아주 잠깐의 환상에 지나지 않았다.

"뭐야, 이건!"

갑자기 테이블을 주먹으로 쾅 내리치는 소리가 났다. 그 진동으로 테이블의 접시와 찻잔이 덜그럭덜그럭 흔들렸다.

나는 부리나케 주방에서 뛰어나가 남자 옆으로 갔다. 무슨 일인지 통 영문을 알 수 없었다. 처음에는 그냥 나를 겁주려고 장난하는 것인지도 모른다고 생각했다. 그것 역시 착각이었다.

"어이!"

남자가 불쾌한 표정으로 노려보고 있는 것은 머리카락, 더 정확하게는 음모(陰毛)였다.

"샌드위치에 이런 게 들어가 있다니 최악이군!"

그가 이번에는 구두 끝으로 테이블을 걷어찼다. 탁, 하는 소리가 거세게 울려 퍼지더니 설탕 그릇의 뚜껑이 열렸다.

구불구불한 음모는 곳곳에 크림을 묻힌 채, 남자가 펼쳐 놓은 샌드위치의 빵과 빵 사이에 끼어 있었다.

나는 거의 빡빡머리지만, 그래도 만일을 위해 두건을 쓰고 있다. 음식에 이물질이 들어가지 않게 항상 세심한 주의를 기울인다. 더욱이 노팬티로 접대하는 술집도 아니고, 나는 주방에 있을 때 속옷도 바지도 다 입고 있다. 시력도 나쁘지 않다. 음식을 내가기 조금 전까지만 해도 확인했다. 거기 그런 것이 들어갈 리가 없다.

남자는 바로 자리에서 일어나 달팽이 식당을 나갔다. 돌아가기 전, 가지고 있던 디지털 카메라로 찍은 사진을 내게 보여 주었다. 거기에는 음모가 들어 있는 과일 샌드위치가 커다랗게 찍혀 있었다.

말로 표현할 수 없는 분노가 치밀어 올랐다. 내게는 어떤 굴욕을 주어도 상관없다. 하지만 아무 죄도 없는 과일 샌드위치를 음식으로 승화시켜 주지 못한 것이 정말로 미안했다. 음모는 건포도 식빵 위에 너무나도 더러운 꼴로 놓여 있었다.

최근에는 달팽이 식당의 잔반을 거의 엘메스의 먹이로 재활용하고 있지만, 이 과일 샌드위치만은 엘메스에게도 먹이기 싫었다.

모처럼 마음을 다해 만든 과일 샌드위치를 하나도 남김없이 쓰레기통에 버렸다. 내 배가 아파서 낳은 아이를 산 채로 바다에 묻는 것 같은 크나큰 괴로움이었다.

과일 샌드위치의 뒤를 좇듯이 내 눈물도 쓰레기통 속에 한 방울 뚝 떨어졌다.

나는 미지근해진 랍상소우총에 우유와 설탕을 듬뿍 넣고 선 채로 전부 마셔 버렸다. 랍상소우총에게는 죄가 없다.

찌릿한 자극이 내 혀에 언제까지고 희미하게 남아 있

었다. 뜨거운 물에서조차 그을린 향이 코끝 가득 퍼졌다.

그래도 전부 마시고 나니 좀 안정이 됐다. 크게 심호흡을 한번 했다. 황당했던 마음이 조금 더 가라앉았다.

세상에는 별별 사람이 다 있다. 머리로는 이해하지만, 아직 마음으로 받아들일 수 없었다.

나중에 안 일이지만, 그 남자는 마을 변두리에서 옛날부터 내려오던 제과점을 운영한다고 했다. 최근에는 손님 수가 줄어서 장사가 잘 안 된다는 것이 구마 씨가 얻은 정보였다.

인터넷이 보급된 요즘 시대에 진실이 아니라곤 해도 증거 사진까지 있으니 달팽이 식당을 진짜로 망가뜨리려고 생각했다면 불가능하지 않았을 것이다. 그러나 일주일이 지나고 한 달이 지나도, 달팽이 식당의 명예를 손상시키는 나쁜 소문은 들리지 않았다.

그리고 그 사실에 가장 충격을 받은 사람은 구마 씨였다. 직접 아는 것도 아닌 사람을 섣불리 내게 소개한 것을 후회하며 "링고, 기분 상하게 해서 미안하데이" 하고 몇 번이고 사과했다.

이 사건 이후 나도 구마 씨도 예약을 받을 때 좀 더

신중하게 상대를 보게 됐다. 그리고 설령 그 사건이 내 부주의 탓이 아니었다 해도 이물질이 들어가지 않도록 더 철저히 신경 쓰게 됐다.

어쩌면 그 남자는 달팽이 식당이 궤도에 올랐다고 내가 자만하지 않게 하기 위해 요리의 신이 보내 준 심술꾸러기 천사였을지도 모른다.

단발머리 여자아이가 갑자기 달팽이 식당에 뛰어들어 온 것은 십일월 말 어느 날이었다. 이미 유방산 정상 언저리는 레이스 브래지어를 한 것처럼 엷게 흰빛을 띠고 있었다.

구름의 움직임이 수상해지기 시작한 늦은 오후, 나는 그날 예약된 6인 가족의 저녁 식사를 위해 햄버그스테이크를 준비하고 있던 참이었다.

여자아이는 몹시도 절박해 보였다. 꼭 그날의 흐린 하늘처럼 당장이라도 와앙 하고 울음을 터트릴 것 같은 다급한 표정이었다.

"도와주세요!"

나를 보자마자 여자아이는 매달리는 듯한 목소리로

말했다.

햄버그스테이크 반죽이 양손 가득 묻어서 필담 노트를 준비하지 못하고, 나는 그저 고개만 갸웃거렸다. 이 근처에 치한이 나온다는 얘기는 들은 적이 없지만, 만약 그렇다면 정말로 심각한 일이라고 앞질러 상상했다.

그러나 그것도 잠시, 여자아이는 등에 멘 책가방을 바닥에 내려놓더니 위험물을 다루는 듯한 조심스러운 태도로 들고 있던 종이 가방에서 상자를 꺼냈다.

손때 묻은 빨간 책가방에는 너덜너덜해진 부적이 달려 있고, 어른이 쓴 글씨로 이름이 적혀 있다. 아이의 이름은 고즈에라고 했다.

고즈에는 상자를 바닥 쪽부터 받쳐 들고 신중하게 이동하더니, 테이블에 조심스레 내려놓았다. 그리고 조용히 뚜껑을 열어 안을 보여 주었다. 상자에 든 것은 토끼였다.

"너무 힘들어하고 있어요. 부탁이에요, 도와주세요!"

고즈에는 거듭 그렇게 말하더니 내 얼굴을 빤히 보았다.

나는 토끼보다 아이 쪽이 긴급한 상황이라고 판단하

고 서둘러 손을 씻었다. 고즈에를 위해 뭔가 마실 것을 만들기로 했다.

아직 나무 난로에 불을 지피기 전이어서, 달팽이 식당 안은 실내인데도 냉장고 속처럼 추웠다. 하얀 입김이 보일 정도였다. 나는 아이의 몸과 마음을 따뜻하게 해 주기 위해 코코아를 준비했다.

주방에 서서 페티 나이프로 밀크 초콜릿을 잘게 썰어 무쇠 냄비에 넣고, 약한 불로 데우며 초콜릿을 우유로 녹였다. 고즈에는 작은 무릎에 올린 토끼가 든 상자를 꼭 안고 다리를 달달 떨고 있었다.

코코아를 데우는 동안 옆에 있던 필담 노트를 들고 새 페이지를 펼쳐서 '무슨 일이야?'라고 아이 같은 글씨로 크게 썼다. 어린아이가 쓴 것처럼 보이는 이유는 오른손을 쓸 수가 없어서 왼손으로 써야 했기 때문이다. 오른손으로는 코코아가 타지 않도록 작은 거품기를 들고 무쇠 냄비 바닥을 계속 저어 주어야 했다.

코코아가 데워지는 시간을 가늠해서 마지막으로 꿀을 듬뿍 넣고, 맛을 내기 위해 최고급 코냑을 몇 방울 떨어뜨렸다. 그리고 오 분 정도 지나서 거품을 낸 생크림을 구름처럼 살짝 띄우고 신선한 민트 잎을 한 장 띄워 장식했다. 민트는 마음을 안정시키는 작용을 하기 때문에 지금의 고즈에에게 딱 맞을 것이다.

나는 막 끓인 코코아와 필담 노트를 들고 고즈에가 있는 테이블 쪽으로 갔다. 아이는 여전히 추위와 불안으로 몸을 달달 떨고 있었다.

얼른 고즈에에게 필담 노트를 펼쳐 보였다.

그리고 따뜻한 코코아를 두 개의 카페오레 컵에 나눈 후, 하나를 고즈에 앞에 놓았다.

내가 '자, 마셔 봐'라는 몸짓을 해 보이자, 고즈에는 토끼 상자를 무릎에 올려놓은 채 조심스럽게 컵에 손을 뻗쳤다. 고즈에의 작은 손톱에는 매직펜으로 토끼 그림이 그려져 있었다. 코코아 김 속에서 아이는 잠시나마 긴장의 끈이 느슨해졌는지 안도한 표정을 지었다.

코코아를 한 모금 마신 고즈에가 단숨에 토끼의 사연을 들려주었다.

고즈에는 일주일 전쯤 학교에서 돌아오는 길에 이 토끼를 발견했다고 한다.

그때는 더 큰 박스에 마른풀 그리고 사료와 함께 들어 있었다. 안에는 전에 키우던 주인이 쓴 것으로 보이는 편지도 있었다. 고즈에는 그 편지를 주머니에서 꺼내더니 내게 보여 주었다.

사정이 있어서 계속 키울 수 없게 됐습니다.

하얀 종이에는 인쇄된 활자로 달랑 그 말만 쓰여 있었다.

고즈에는 토끼를 데리고 집으로 돌아갔다.

그러나 동물을 싫어하는 고즈에의 엄마는 집에서 토끼를 키우는 것을 허락해 주지 않았다. 원래 있던 자리에 갖다 놓으라며 꾸중을 들었지만, 고즈에는 토끼가 불쌍해서 도저히 버릴 수 없었다. 그래서 엄마에게는 비밀로 밤에는 자기 방 벽장에 토끼를 숨기고, 낮에는 학교에 데려가서 돌봤다고 한다. 하지만 토끼가 먹이를 먹지 않기 시작하더니 이틀 전부터는 완전히 끊어 버리고 말았단다.

고즈에는 그때까지의 일을 단숨에 얘기하고 나서, 조

금 식은 카페오레 컵을 양손으로 감싸고 남은 코코아를 꿀꺽꿀꺽 전부 마셨다.

토끼가 걱정돼 잠도 제대로 못 잤을 것이다.

코냑이 든 코코아가 효과가 있었는지 고즈에의 표정이 조금 편안해졌다.

나는 고즈에의 무릎에 있는 거식증 걸린 토끼를 상자째 받아들었다. 그리고 얼굴을 가까이 갖다 대고 상태를 살폈다. 코 언저리에서 희미하게 초원의 냄새가 났다.

잘 닦인 싱크대 같은, 예쁜 은회색 털.

귀 안쪽은 연한 핑크색.

커피 젤리처럼 촉촉하고 까만 눈.

어디를 보더라도 이 토끼가 지금까지 소중하게 길러졌다는 것을 알 수 있었다.

적어도 내 눈에는 그렇게 보였다.

토끼가 학대와 폭력에 시달리다 버려진 것이 아니라는 사실은 고즈에에게도 또 나에게도 이 긴급 사태에서 유일한 위안이었다.

이번에는 오른손으로 연필을 들고 필담 노트에 이렇게 써서 고즈에에게 건넸다.

내가 하루만 토끼를 맡아 줄까?

고즈에는 그 메시지를 읽더니 새빨간 입술을 꼭 다물고 크게 고개를 끄덕였다.

만약 내가 기적을 일으킨다면 고즈에는 어른이라는 존재를 진심으로 믿을 수 있는 사람으로 자라날 것이다.

하지만 고즈에의 기대에 부응하지 못한다면…….

고즈에는 아마 평생 나를 원망하겠지. 그리고 어른이 하는 말은 뭐든 의심하게 되리라.

남은 것은 겨우 스물네 시간. 그때까지 결과를 내야만 한다.

고즈에는 내일 한 번 더 같은 시간에 오겠다고 약속하고, 가방을 메고 혼자 북풍 속을 걸어 돌아갔다.

그런데 거식증 토끼라니.

나는 토끼와 둘만 남은 달팽이 식당에서 크게 한숨을 내쉬었다.

아무리 이곳이 색다른 식당이긴 하지만, 거식증 걸린 토끼에게 먹일 음식 같은 것은 만든 적이 없다.

사람도 거식증에 걸리면 전문가에게 상담을 받은 후

겨우 한 입 먹을 수 있을까 말까인데, 하물며 상대가 동물이다. 말이 통하지 않으니 당연히 카운슬링도 할 수 없고, 심층 심리 분석을 하기 위해 그림을 그리게 할 수도 없다. 나는 토끼를 상자째 무릎에 올린 채로 난감해하고 있었다.

토끼가 깜짝 놀라지 않도록 양손에 후, 하고 따뜻한 입김을 불어 손가락 끝을 데우고서 조심조심 토끼 등을 만져 본다.

울퉁불퉁한 등뼈.

확실히 말랐다.

귀에 힘이 없고 유백색의 가느다란 수염에도 생기라곤 없다. 털실 뭉치 같은 동그란 꼬리를 손가락 사이에 끼워 봐도, 여전히 토끼의 표정에는 변화가 없었다. 설령 내가 지금 이 토끼를 마음껏 간질인다 해도 아무 반응도 하지 않을 것이 뻔해 보였다.

나는 손바닥을 신중히 토끼의 배 쪽에 넣고 양손으로 들어 올려 보았다. 토끼의 심장은 마치 살아 있는 날것 그대로를 만진 듯이 손바닥 바로 가까이에서 격렬하게 요동쳤다.

토끼가 지금 살아 있다는, 무엇보다 중요한 증거였다. 하지만 심장 외에는 방금 찧은 떡처럼 축 늘어져서 미동조차 하지 않는다.

토끼의 얼굴을 정면으로 들여다보았지만, 눈의 초점이 일정하지 않아서 어디를 보고 있는지 알 수 없었다. 커피 젤리처럼 새까만 눈동자 두 개는 굳이 표현하자면 멀리, 과거 쪽을 향하고 있다. 오래된 우물의 바닥이 보이지 않는 깊고 깊은 어둠 속을 들여다보는 것 같아서 가슴이 쿵쾅거렸다.

"토끼는 무기력하게 고독에 감싸인 채 절망하고 있다⋯⋯."

만약 내가 동물을 상대하는 카운슬러였다면 소견서에 이렇게 썼을 것이다.

나는 포기하고, 토끼를 상자 속에 조심스럽게 되돌려 놓았다.

오늘 밤 손님은 6인 가족.

예약을 한 사람은 일가족의 안주인이었다. 이 가족은 온천 마을에서 세탁소를 운영하고 있다.

함께 살고 있는 할아버지의 생일을 축하하기 위해 달팽이 식당을 예약했다고 한다.

그리고 가족 전원이 어린이 런치 세트를 먹고 싶다는 주문을 했다.

우리 할아버지가요, 치매기가 좀 있어서요…….

며칠 전 달팽이 식당까지 직접 면담을 온 부인은 말하기 곤란한 듯이 그 부분만 안개가 낀 듯 무거운 목소리로 말했다.

어젯밤, 말차와 팥을 섞어 구운 시폰케이크는 냉장고 안에서 대기하고 있다. 생일 케이크의 양초 수는 여든다섯 개. 전부 꽂는 것은 물리적으로 무리여서 큰 것 여덟 개와 작은 것 다섯 개를 준비했다.

그다음은 적당한 시간을 재서 치킨라이스를 볶고, 햄버그스테이크를 구우며 가족이 도착하기를 기다리기만 하면 됐다. 아까 불을 때기 시작한 난로도 순조롭게 불꽃을 피워서 식당 전체가 따뜻해졌다.

얼마 안 되는 남는 시간을 이용해 어린이 식사용으로 잔뜩 만든 당근글라세를 토끼용 접시에 덜어서 포크 등으로 으깨 보았다. 후계자 집의 당근은 품질이 너무 좋

아서 정기적으로 구입하게 됐다. 한입 맛보았더니 달짝
한 것이, 아무리 삶아도 씹는 느낌이 또렷하다.

간이침대를 만들고 남은 와인 상자를 가져와서 안에
신문지를 깔고, 으깬 당근글라세가 든 작은 접시와 물그
릇을 나란히 놓았다. 그것을 주방의 너무 덥지 않은 장
소로 옮긴 뒤 토끼가 들어 있는 상자를 가지러 갔다.

다시 토끼를 들어 올리자, 역시 방금 찧은 떡처럼 늘
어져서 심장에 손을 대고 고동을 확인하지 않으면 살았
는지 죽었는지도 모를 상태였다. 그야말로 무기력한 토
끼는 스스로 살기를 포기한 것 같았다.

나는 우선 토끼를 새로운 집으로 이사시켰다. 고즈에
가 가져온 상자는 너무 작다. 이 와인 상자에 넣어 주방
구석에 두면 일 때문에 손이 비지 않을 때도 토끼의 모
습을 꼼꼼하게 체크할 수 있다.

나무 상자 옆에 구부리고 앉아 시험 삼아 티스푼으로
당근글라세를 토끼 입가에 가져가 보았다. 고형물이 싫
다면 적어도 물만이라도 먹어 주렴, 하고 시험 삼아 물
도 티스푼으로 떠서 가져가 보았다. 그러나 예상대로 토
끼는 멍한 눈으로 먼 과거를 바라보는지, 야채에도 물에

도 관심을 보이지 않았다. 문득 생각이 나서 당근에 주렁주렁 달려 있던 잎으로 코끝을 간질여 보았지만, 그것도 실패였다.

어쩐지 이 토끼, 정말로 거식증 같다.

일단 토끼 생각은 머릿속에서 지우려고 애쓰며, 어린이 런치 세트 준비 마무리에 들어갔다. 거식증 토끼가 왔다거나, 오늘은 준비할 시간이 충분하지 않았다는 것은 손님과는 전혀 관계가 없다. 그런 것이 요리에 영향을 미친다면 프로로서 실격이다.

나는 가스레인지 불을 있는 대로 다 써서 햄버그스테이크와 치킨라이스, 새우튀김과 호박소테를 거의 동시에 조리했다.

식기 선반에서 큼직한 흰색 접시를 꺼내 와서 표면을 가볍게 타월로 닦고 작업대에 여섯 장 나란히 늘어놓았다. 그리고 그 위에 완성된 요리를 차례대로 솜씨 좋게 담았다.

지금까지 어지간한 요리는 다 만들어 보았지만, 어린이 런치를 이렇게 의식해서 만든 적은 없었다.

하지만 완성된 어린이 런치는 색깔도 좋고, 야채와 고

기, 생선의 균형도 잘 맞고, 생김새와 내용 모두 스스로도 합격점을 줄 수 있었다.

"우리 가족은 모두 소식을 해서"라고 부인이 말해, 양은 비교적 가볍게 했다. 그러나 어른이 먹어도 부족하다는 느낌은 들지 않을 것 같았다.

쟁반 가운데 동그랗게 담은 치킨라이스에 과연 깃발을 꽂아야 할지 마지막까지 고민했다. 결국 나머지 십오 분 동안 역시 깃발이 필요하다고 생각해서, 종이와 이쑤시개로 작은 깃발을 만들었다. 그리고 서랍에 넣어 둔 노란색 크레파스로 달팽이 그림을 그렸다.

이윽고 부인이 운전하는 승합차를 타고 일가족이 도착했다.

놀랍게도 가족 중에 '어린이'라고 부를 만한 아이는 없었다.

오빠는 교복을 입은 고등학생으로 얼굴은 이미 어른이었고, 여동생도 이 지역 중학교의 체육복 차림으로 얼굴과 체형에 아직 어린 모습은 남아 있지만, 어린이 런치를 먹고 싶어 할 정도의 어린이는 아니었다.

그리고 다리가 불편한 할머니의 휠체어를 엎어질 듯이 밀고 있는 사람은 지난번에 부인이 "좀 치매기가 있어요"라고 했던 할아버지였다. 할아버지는 마치 철 가면을 쓰고 있는 것처럼 무표정했다.

가족이 자리에 앉아 식사를 시작한 후에 알았지만, 할아버지는 치매기가 좀이 아니라 많이 있었다. 부인이 그 사실을 숨기고 싶어 했던 기분도 이해가 갔다. 어린이 런치를 먹고 싶어 한 것은 아이들이 아니라 주인공인 할아버지였다.

할아버지는 어린이 런치를 앞에 내려놓자 여전히 무표정한 얼굴로 천천히, 가끔 너무 빠르게 자기 입에 음식을 밀어 넣었다. 스푼과 포크와 젓가락 같은 것은 사용하지 않고 전부 손으로 먹었다. 때때로 음식물을 입에 넣은 채 무언가 생각난 듯이 주문 같은 말을 중얼거렸다. 하지만 나는 물론이고, 오랫동안 함께 살아왔을 가족도 그 의미를 알아듣지 못하는 것 같았다.

멀리서 지켜본 바로는, 할아버지는 다리가 불편한 아내를 자신의 엄마라고 믿고 있었다. 그리고 친아들과 며느리인 부인은 생판 남처럼 대했다. 손자 손녀는 어쩐지

'전우와 그의 여자 친구'라고 설정된 것 같다. 외설스러운 단어를 갑자기 내뱉기도 해서 가족이 얼굴을 붉히는 순간도 몇 번 있었다.

가족은 할아버지가 아무리 매너 없이 식사를 해도 목소리가 거칠어지는 법 없이, 할아버지가 먹는 속도에 맞춰 모두 어린이 런치를 먹었다.

양이 그리 많지 않은 어린이 런치 세트를 여섯 명 모두 눈 깜짝할 사이에 비웠다.

나는 얼른 빈 그릇을 치우고 테이블보를 새것으로 바꾼 뒤 재빨리 생일 케이크를 준비했다.

시간이 별로 없어요, 하고 사전에 부인이 말했기 때문이다.

가족은 불이 꺼진 달팽이 식당에서 양초를 켠 생일 케이크를 한가운데에 놓고 입을 모아 "해피버스데이 우리 할아버지" 하고 되풀이하며 손뼉 치고 노래를 불렀다.

처음에 목소리가 촉촉해진 사람은 약간 음정이 틀린 소프라노 보이스의 부인뿐이었다.

그런데 점점 딸에게 옮겨지고, 아들에게 옮겨지고, 남편에게도 옮겨지고, 심지어는 전염병처럼 할머니에게까지 옮겨져 마지막에는 눈물 젖은 합창이 됐다.

노래가 끝나고 "할아버지, 생신 축하드려요!" 하는 목소리에 이어진 것은 짝짝짝짝 하는 박수가 아니라 비명에 가까운 흐느낌이었다. 표현이 좀 그렇지만, 흡사 할아버지가 돌아가셔서 슬퍼하는 분위기라고 할까.

그래도 할아버지는 표정 하나 바뀌지 않고 촛불을 약한 입김으로 꺼 나갔고, 잠깐이지만 달팽이 식당은 고요한 어둠 속에 푹 싸였다.

가족은 생일 케이크도 묵묵히 먹었다.

대체 이 가족에게 무슨 일이 있는 걸까?

할아버지는 치매다. 그 사실은 분명하다. 하지만 그런 할아버지의 생일 파티를 그가 좋아하는 어린이 런치로 축하해 주고 싶어 하는 착한 가족이 모두 이렇게 눈물을 흘리다니. 아무리 할아버지가 과거의 기억을 잃고 이제 가족의 이름조차 제대로 기억하지 못한다 해도, 축하하는 자리에서 일제히 울음을 터트릴 것까지 있을까.

수수께끼가 풀린 것은 가족이 자리에서 일어나고, 부인이 계산을 하러 주방 입구 쪽으로 왔을 때였다.

"요양원에 모셔다 드리러 가던 길이에요⋯⋯."

부인은 애써 웃음을 지으며 말했다.

"여섯 식구가 줄곧 함께 살아와서 이렇게 헤어지는 게 괴롭네요. 그래도 다행이에요. 우리 아버님, 어째선지 모르겠지만 어린이 런치를 드시면 잠을 깊이 주무시거든요. 이대로 할아버지가 잠든 동안에 모셔다 드리러 가자고, 모두 한참 전부터 마음을 먹고 있었어요."

부인은 거기까지 또박또박 말하더니 길고 깊은 한숨을 내쉬었다.

성실하고 마음씨 좋은 할아버지였을 것이다.

다리가 불편한 할머니의 휠체어를 미는 일은 절대로 남에게 시키지 않았을 것 같다. 할아버지는 마지막까지 다른 가족이 돕는 것을 거부했다.

잔돈을 받으면서 부인이 말했다.

"그렇지만 할아버지와 다시 못 만나는 건 아니니까요."

그리고 이렇게 덧붙였다.

"또 올게요. 할아버지가 제일 좋아하는 어린이 런치 또 만들어 주세요. 오늘, 내가 만든 것보다 훨씬 맛있었어요."

부인은 말을 마치고 빠른 걸음으로 가족이 기다리는

승합차로 돌아갔다. 차체에는 세탁소 이름과 전화번호가 커다랗게 적혀 있었다.

나는 밖으로 나가서 가족을 배웅했다.

창가 뒷자리에 앉은 할아버지의 얼굴이 아주 잠깐 달빛에 비쳐 또렷하게 보였다.

오늘 밤은 보름달.

할아버지는 입을 헤 벌린 채 어디랄 것도 없는 우주 한 모퉁이를 멍하니 바라보고 있었다. 내 눈에는 할아버지가 자신이 어디로 가는지 알고 있는 것 같아 보였다.

할아버지의 표정은 이내 직진하는 승합차와 함께 늦가을의 쌀쌀한 밤 속으로 사라졌다. 그러나 나는 그 표정을 놓치지 않았다. 왜냐하면 그것은 거식증에 걸린 토끼와 똑같은 눈동자였기 때문이다.

배웅을 마치고 주방으로 돌아온 나는 쭈그리고 앉아서 토끼의 상태를 살폈다.

토끼는 여전히 깨어난 것도 아니고 자는 것도 아닌, 그야말로 무기력한 상태로 손발을 축 늘어뜨린 채 상자 바닥에 누워 있다.

너, 이렇게 있다가 죽으면 어쩌려고?

마음속으로 토끼한테 말을 걸었다. 하지만 이 과묵한 토끼에게 통할 리 없다.

혹시나 하고 물이 든 그릇 바깥쪽에 매직펜으로 수위를 표시해 두었지만 줄어든 것 같지 않고, 당근글라세도 아까 내가 담았을 때와 모양이 조금도 달라지지 않았다.

그렇지만 나는 이런 절망적인 상태에서도 실낱같은 희망의 빛을 놓치지 않았다.

아까 내가 가족들이 먹을 생일 케이크를 냉장고에서 꺼냈던 바로 그 순간이었다.

토끼가 고개를 들고 케이크 쪽을 흘끗 보았다.

공교롭게 생일 케이크는 통째로 내지 않으면 의미가 없어서 토끼에게 그 자리에서 나눠 줄 수 없었지만, 그때 그 행동이 토끼가 숨기고 있는 과거에 대한 어떤 힌트를 주고 있는 듯한 느낌이 들었다.

그렇게 생각하니 이 토끼가 안고 있는 배경이 마치 얘기를 만들듯이 뇌리에 줄줄 떠올랐다.

뒷정리를 깨끗이 마치고 나서, 나는 토끼를 위해 비스킷을 만들기로 했다.

토끼의 윤기 나는 털도 그렇고, 깔끔하게 상자에 넣어

둔 것도 그렇고, 안에 편지까지 넣어 둔 점을 보더라도 이 아이는 아주 소중하게 자랐을 것이다. 그러니까 주인에게 사랑받지 못해 버려진 것이 아니다. 워드프로세서로 작성한 편지는 조금 매정한 인상이 없지 않아 있지만, 그것은 반대로 복잡한 심정에 무거운 뚜껑을 덮고 힘겹게 쓴 글이라고 볼 수도 있다.

그리고 아마 이 토끼는 혈통서가 있는 유서 깊은 토끼이리라.

나는 토끼에 관해서는 잘 모르지만, 아무리 보아도 기품이 있다. 그냥 학교 같은 데서 사육하는 토끼와는 종류가 다르다. 즉, 토끼를 키웠던 곳은 유복한 집이 아닐까. 그곳에서 토끼는 사랑을 듬뿍 받으며 가족의 일원으로서 자랐을 것이다.

이것이 제1단계 추리. 그리고 이 추리는 제2단계로 계속된다. 하지만 아무리 소중히 키웠어도 이를테면 돌봐 주던 할머니가 돌아가셨다거나, 동물을 키우면 안 되는 집으로 이사 가게 되는 등 가족의 사랑만으로 극복할 수 없는 사정이 발생했을지도 모른다. 그래, 아까 모두 함께 어린이 런치를 먹고 돌아간 가족의 그 할아버지처럼.

가족도 할아버지와 살고 싶고, 할아버지도 가족과 살고 싶다.

그러나 도저히 그럴 수 없을 때, 가족은 괴롭고 힘든 결단을 내리지 않을 수 없었을 것이다. 할아버지는 그 가족의 복잡한 결단을 어렴풋이 느끼고 있지 않았을까.

마찬가지로 토끼도 함께 살던 주인의 사정을 알아차렸을지 모른다. 양쪽 다 말은 하지 않지만 표정이 같은걸.

아무리 상대의 처지와 기분을 안다 해도 고독해지는 괴로움은 어쩔 수 없다.

토끼는 버려진 동안 상자 속에서 무얼 보고 있었을까.

잠깐 상상하는 것만으로도 끔찍했다. 캄캄한 어둠. 누군가가 다가오는 발소리. 멀어지는 목소리. 희미한 빛. 말로 표현할 수 없는 쓸쓸함과 고독.

슬퍼서, 한 번만 더 주인을 만나고 싶어서, 한시라도 빨리 주인의 품에 안기고 싶어서 토끼는 어둠 속에서 얼마나 울었을까? 실제로 눈물은 흘리지 않아도 마음속으로는 비명을 지르며 울고 있었을 것이다. 그리고 울다 지쳐서 멍하니 있을 수밖에 없을 만큼, 사는 것에 절망

했는지도 모른다. 그 절망은 지금도 여전히 계속되고 있을지도 모른다. 아무것도 먹지 않는 것은 그 때문이리라.

나는 비스킷 재료인 식물성 기름, 설탕, 호두, 통밀, 물을 양손으로 섞으면서 토끼의 과거를 상상했다. 물론 내가 멋대로 추리한 것일 뿐이지만.

'토끼는 유복한 가정에서 달콤한 과자를 예사로 먹으며 살지 않았을까?' 하는 생각이 문득 들었다. 그래서 아까 아주 잠깐이지만 시폰케이크의 달콤한 향기에 희미하게 반응을 보였던 것이다.

그러니까 달콤한 과자라면 먹어 줄지도 몰라.

나는 비스킷 반죽을 도마에 얇게 펴고 반죽에다 건조시킨 라벤더 꽃을 뿌렸다. 라벤더에는 우울한 기분을 완화시키는 효과가 있다. 반죽을 토끼의 입 크기에 맞게 가늘게 잘랐다. 이제 이백 도로 예열한 오븐에 굽기만 하면 완성이다.

할아버지는 지금쯤 요양원에 도착했을까? 되도록 푹 잠들어서 가족들과 고통스러운 이별을 경험하지 않았으면 좋겠다.

오늘 밤, 나는 달팽이 식당에서 자기로 했다.

할머니가 세상을 떠난 남자 친구의 꿈을 꾸었다고 했던, 와인 상자를 재활용해서 만든 간이침대에 이번에는 나를 위한 이불을 폈다.

비스킷은 완성됐고 여열도 다 식었다.

내일 아침, 엘메스에게 먹일 빵 반죽도 마쳤다.

오늘은 동물로 시작해서 동물로 끝나는 하루였다.

그러나 정확히는 아직 끝나지 않았다.

거식증 걸린 토끼가 입을 벌리고 음식을 먹어 줄 때까지 나의 하루는 끝난 것이 아니다.

토끼를 데리고 온 고즈에의, 오로지 당신만 믿는다는 강한 눈빛이 못으로 고정시킨 샛별처럼 또렷하게 뇌리에 남아 있다.

약속을 깰 수는 없다.

나는 책임이라는 단어를 떠올리며 거식증인 토끼를 가슴에 꼭 껴안고 이불 속으로 들어갔다. 겨울의 발소리가 곧 요 앞까지 가까워질 것이다. 난롯불을 끄자 달팽이 식당의 공기는 금세 차가워졌다.

토끼에게 당장 신용을 얻겠다는 섣부른 생각은 하지

않는다. 만약 이 토끼가 주인을 비롯해 가족 모두에게 사랑을 받았다면, 토끼는 그때 받은 애정만큼 누군가의 온기를 필요로 할 것이다. 내가 토끼라고 생각해 보니 누군가에게 그저 묵묵히 안겨 있고 싶을 것 같다.

나는 토끼와 마주 보는 자세로 간이침대에 누웠다. 그리고 아까 구운 비스킷을 손바닥에 몇 개 올리고, 다른 한 손으로 끊임없이 토끼의 몸을 쓰다듬어 주었다. 이불 속에는 조금씩 향긋한 라벤더와 비스킷의 달콤한 냄새가 퍼져 갔다. 불을 끄자, 토끼의 커피 젤리 같은 까만 눈동자만 바깥의 불빛을 받아 반짝거렸다. 토끼의 몸을 쓰다듬으며 조용히 눈을 감았다.

그날 밤, 나는 토끼의 호흡 지킴이였다.

몇 번이나 눈을 떠서 꿈쩍도 하지 않는 토끼의 코끝에 흠칫흠칫 손바닥을 대 보고 숨을 쉬는지 확인했다. 그때마다 멍한 정신으로 손바닥에 있는 비스킷 개수를 세었다. 유감스럽지만 한 개도 줄지 않았다.

그렇게 얕은 잠이 이어졌다.

내가 자고 있는지 깨어 있는지도 알 수 없었다.

계속 생각을 하고 있었던 것 같기도 했다.

토끼가 이대로 죽는 것이 아닐까 하는 불안으로 가슴
이 쓰렸다.

그리고 정신을 차리고 보니 얕은 잠 속을 배회하면서
신음하고 있었다.

어제 처음 만났을 뿐인데, 나는 완전히 고즈에와 거식
토끼의 친구가 됐다.

친구를 슬프게 하고 싶지 않다. 친구를 죽게 하고 싶
지 않다.

이윽고 하늘이 밝아 오기 시작하고 바깥에서는 작은
새가 지저귀는 소리가 들려왔다.

손바닥에 희미한 위화감을 느끼고 눈을 떴을 때, 달팽
이 식당은 밝고 깨끗한 빛의 소용돌이 속에 가라앉아
있었다. 너무 눈이 부셔서 순간 눈앞이 캄캄했다.

어쩐지 평소보다 늦잠을 잔 것 같다.

모든 것들이 이미 활기로 가득했다.

그리고…… 세상에!

귀여운 핑크색 혀가 내 손바닥을 집요하게 핥고 있었
다. 다름 아닌 거식증 토끼였다. 물속에서 끝을 잘라 주
자 되살아난 식물 줄기처럼 양쪽 귀를 쫑긋 세우고, 수

염도 어제와 달리 생기로 넘쳤다.

무엇보다 손바닥에 올려놓은 비스킷이 남김없이 사라진 것이 아닌가.

순간 자다가 떨어뜨린 것이 아닐까 생각했다. 그러나 아니었다. 비스킷은 토끼가 모두 먹은 것이다.

나는 토끼를 최대한의 애정으로 안아 주었다. 아프지 않도록 부드럽게, 애정을 담아서 꼬옥. 그리고 나무 상자 속에 더 많은 비스킷을 넣어 주고, 그릇의 물도 갈아 준 뒤 토끼를 그 안으로 옮겨 주었다.

토끼 귀를 따라 흐르는 동맥과 정맥의 모세혈관이 태양에 비쳐 아름다운 자수처럼 보였다.

다행이다. 무엇보다 고즈에와의 약속을 지킨 것이 가장 뿌듯했다.

나는 서둘러 엘메스의 아침 식사 준비를 시작했다. 멀리서 아침밥을 재촉하는 듯한 엘메스의 울음소리가 들렸다.

오후가 되자 어제와 거의 같은 시간에 단발머리 고즈에가 마치 덜 익은 매실처럼 굳은 표정으로 달팽이 식당에 찾아왔다.

나는 건강해진 토끼를 얼른 고즈에에게 보여 주었다.

너무 활발하게 달팽이 식당 안을 뛰어다니는 바람에, 좀 안 됐다 싶긴 했지만 옛날에 내가 쓰던 손목시계를 고리로 하여 끈으로 묶어 바깥 허브 정원에서 뛰어놀게 했다.

의외로 토끼는 묶여 있는 것을 싫어하지 않았다. 싫어하기는커녕 아주 순종하는 모습이었다. 어쩌면 이것 역시도 내 멋대로 하는 추측이겠지만, 토끼도 묶여 있음으로써 안심하는지도 모른다. 속박이 아니라 유대일 수도 있다.

고즈에는 익숙하지 않은 손놀림으로 토끼를 들어 올려 안았다.

토끼가 다칠까 봐 아직 한 번도 안아 보지 못한 것 같다. 어쩌면 토끼가 거식증에 걸린 것과도 관계가 있을지 모른다.

고즈에가 토끼와 노는 동안 나는 즉시 티타임 준비에 들어갔다.

며칠 전, 혼자서 근처 숲에 가서 밤을 주워 와 마롱글라세를 만들고 모양이 망가진 밤으로는 몽블랑을 만들었다. 저녁 손님의 디저트용이지만 이런 일도 있을지 모른다고 생각해서 조금 넉넉히 만들어 두었다. 홍차는 짙은 맛이 나는 몽블랑에 어울리는 얼그레이로 준비했다.

쌀쌀하긴 하지만 바깥에 의자와 테이블을 준비해서 무릎에 담요를 덮고 토끼와 고즈에와 셋이서 차를 마셨다. 고즈에는 담요 위에 토끼를 올려놓고 꼭 안고 있었다. 하루 전만 해도 굳은 표정이었던 고즈에가 건강하게 웃고 있었다.

육체적으로는 피곤하지만 정신적으로는 충만한 스물네 시간이었다.

토끼는 고즈에의 단풍잎 같은 손바닥에 놓인 몽블랑을 얻어먹고 있었다. 버터와 술이 들어가서 걱정이었지만, 토끼는 고즈에가 주는 것을 다 먹고도 만족하지 않고 연분홍빛 작은 혀로 더 달라고 재촉했다. 달콤한 것이라면 사족을 못 쓰는 토끼였다. 그리고 고즈에도 토끼와 마찬가지로 귀여운 표정으로 뺨이 볼록해져서 즐겁게 몽블랑을 먹었다.

달팽이 식당을 시작하길 잘했어.

하얀 연기가 엷게 낀 유방산의 아름다운 능선을 보면서 그렇게 생각했다.

"엄마가 토끼 키우는 걸 허락해 주어서, 집에서 얘를 키울 거예요. 정말 고맙습니다!"

고즈에가 토끼를 팔꿈치와 가슴으로 안은 채 총명한 목소리로 늦가을 하늘에 대고 보고했다.

아무르 입구에서 사슴 한 마리가 이쪽을 빤히 보고 서 있다.

겨울은 바로 코앞까지 다가왔다.

마법은 어느 날 갑자기 찾아왔다.

십이월의 어느 아침, 커튼을 걷자 세상이 새하얗게 변해 있었다.

창밖은 끝없이 이어지는 우윳빛. 마치 엄청난 양의 머랭을 폭신폭신하게 씌운 듯했다. 화려한 코트를 걸친 첩 할머니의 어깨에도 새하얀 가루눈이 쌓였을 것이다.

크리스마스에는 사랑의 도피를 해 이 마을에 왔다는 남자 커플이 손님이었다. 두 사람에게 이 여행은 비밀스러운 허니문. 둘 사이의 달콤한 분위기를 깨고 싶지 않아서, 나는 구마 씨의 협조로 밤에 그들이 묵고 있는 호

숫가 방갈로까지 배달하기로 했다.

모든 요리를 다 나르고 돌아오는 길에 나는 마치 산타클로스라도 된 기분이었다. 술은 한 방울도 마시지 않았는데, 나도 구마 씨도 몹시 흥분했다. 함박눈이 펑펑 내리는 밤길을 스노모빌이 맹렬히 내달렸다.

요리를 만든다. 단지 그 사실만으로, 내 몸속 세포 하나하나가 황홀해하고 있다.

누군가를 위해 요리를 만들 수 있다는 것만으로 진심으로 행복했다.

고마워요, 고마워요.

한겨울 밤하늘에 대고 몇 번을 소리쳐도 부족할 정도였다. 전 세계 사람들에게 다 들릴 만큼 큰 소리로 목이 쉴 때까지 모두에게 이 마음을 전하고 싶었다.

도중에 스노모빌을 세우고, 구마 씨와 어깨동무를 하고서 올려다본 크리스마스의 밤하늘.

아주 잠깐 눈이 그친 하늘에는 무수한 빛들이 모닥불처럼 반짝이고 있었다.

구마 씨가 원한다면 한 번쯤 키스할 수도 있다는 생각이 들 정도로 마법을 건 듯한 별하늘이었다. 차가운 공기가 오장육부까지 퍼져 갔다.

그 커플에게서는 훗날 달팽이 식당 앞으로 멋진 선물
이 날아왔다.

연말에는 소다를 사용해 주방 구석구석까지 대청소를
하고, 섣달그믐이 돼서야 모양만 낸 것일 뿐이긴 하지만
간신히 설음식도 만들었다.

할머니가 살아 있을 때는 해마다 푸짐하게 설음식을
준비했다.

완성된 음식들을 찬합에 담으면 기하학적 무늬의 그
림이 됐다. 매년 완성된 설음식을 볼 때마다 나는 넋을
잃었다. 홍백가합전(십이월 삼십일에 NHK 방송에서 방영
하는 가요제전)을 보면서 도시코시 소바(섣달 그믐날 밤에
먹는 메밀국수)를 먹고, 설날에는 설음식을 먹으며 도소
(새해를 축하하며 설날에 마시는 약주)를 마셨다. 이것이 할
머니와 되풀이했던 새해맞이 풍경이다.

할머니가 돌아가시고 남자 친구와 살게 된 후로는 방
에서 약소하나마 인도식 축하를 했다. 인도에서는 설날
에 꼭 새 옷을 입는다. 나도 그날만큼은 인도에서 결혼

전 여자들이 입는다는 펀자비 슈트를 입었다. 얇고 고급스러운 실크로 만든 풍성한 원피스에 헐렁한 바지를 입고, 목에는 긴 스카프를 감았다. 그리고 우리는 캐슈너트와 코코넛과 아몬드가 들어간 튀김파이를 만들어 먹었다.

본고장 인도의 맛과는 거리가 있을 것이다. 그러나 둘이서 함께 설날을 보내는 것만으로 행복했다.

올겨울 엄마는, 연말부터 연초에 걸쳐 아무르의 단골손님들과 함께 골프와 쇼핑을 하러 하와이 여행을 갔다. 중매쟁이 아주머니도 함께였다. 그래서 나는 혼자서 설날을 맞이하게 됐다. 물론 집에는 엘메스가 있다. 나는 무늬뿐인 설음식을 플라스틱 그릇에 담아서 엘메스와 마주한 채 조촐하게 설을 쐈다.

새해 복 많이 받으렴.

엘메스에게 말했지만 당연히 반응은 없다.

기분전환을 위해 엘메스 목욕시키기에 열중하기도 하고, 가끔 눈밭에 자유롭게 풀어 주기도 했다. 그래도 시간이 남을 때는 보고도 그냥 지나쳤던 찻잔의 때를 전용 스펀지로 깨끗이 닦아내는 작업을 되풀이했다.

그러는 동안 달팽이 식당은 본격적으로 동면 시기를 맞았다.

눈 때문에 교통수단이 제한돼 마을 이외의 지역에 사는 손님들은 오고 싶어도 올 수 없는 상황이었다. 지금까지는 하루에 몇 번씩 왕복했던 승합 버스가 아침에 마을을 떠나서 저녁에 돌아오는 식으로, 1일 1회 왕복으로 줄어서다.

눈 때문에 번지 점프대도 폐쇄되고, 승합 버스 승객도 거의 끊겼다. 마을 밖에서 달팽이 식당까지 오려면 아무래도 마을에서 하룻밤을 자야 한다. 온천가 쪽으로 가면 숙박할 수 있는 곳이 조금은 있지만 거기까지 갈 교통수단이 거의 없다. 눈길을 걸어가면 아마 두 시간 정도 걸릴 것이다.

그리고 나는 여전히 목소리가 나오지 않고 있다.

생물은 사용하지 않으면 기능이 점점 퇴화한다는 얘기를 들은 적이 있다.

옛날에 어린 내가 어째선지 아무르 카운터에서 컵라면을 먹고 있을 때, 술 취한 손님이 "게이들은 말이야, 고추를 쓰지 않아서 점점 작아진대" 하고 웃으며 말하던 기억이 난다. 그런 식으로 내 목소리도 말라비틀어져서, 핀셋으로 살짝 집어 돌리면 몸에서 톡 떨어져 영원히 제자리를 잃을 것 같은 느낌이 든다.

하지만 나는 뭐 그래도 상관없다고 생각했다. 내게는 요리라는 강력한 아군이 있다. 식욕이나 성욕, 수면욕과 마찬가지로 요리를 만드는 일이 내 생명을 지탱해 준다. 목소리는 요리에 필요 없는 기능이다.

엄마와는 여전히 냉전 상태였다.

나는 대부분의 사람과 생물을 사랑할 수 있다. 그러나 단 한 사람, 엄마만큼은 도저히 진심으로 좋아할 수가 없었다. 엄마를 싫어하는 마음은 그 외의 모든 것을 사랑하는 에너지와 거의 동등할 만큼 깊고 무거웠다. 그것이 내 진정한 모습이었다.

사람은 항상 맑은 마음으로만 지낼 수는 없다고 생각한다.

정도의 차이는 있겠지만 모두의 마음속을 채우고 있는 것은 흙탕물이다.

어디까지나 억측이겠지만 어떤 나라의 공주님도 남에게는 말할 수 없는 더러운 말이 머리를 스치는 순간이 있을 것이다. 한편, 감옥에서 평생을 보내는 사형수라고 해도 현미경으로 몇 배나 확대해야만 보일지 모르지만 그래도 빛이 닿으면 반짝거리는 보석 파편이 마음속에 존재할 것이다.

그러니까 나는 그 흙탕물을 깨끗하게 유지하기 위해 되도록 조용히 있기로 마음먹었다.

물속에서 물고기가 돌아다니면 흙탕물이 돼 버리지만, 마음을 평온하게 하고 있으면 흙은 아래로 가라앉고 위쪽은 깨끗한 물이 된다. 나는 깨끗한 물의 상태로 있고 싶었다.

흙탕물의 정체는 엄마와의 고집 대결이다. 그래도 마음을 평온히 하고 있으면 내 마음 전체를 더럽히는 일은 없으리라. 그래서 엄마와는 되도록 접촉하지 않도록 주의했다. 어떤 의미에서는 엄마를 계속 무시했다. 그것이 마음을 깨끗이 유지하는 유일한 방법이라고 믿었다.

그런 식으로 멍하니 보내던 일월 어느 날의 일이다.

갑자기 구마 씨가 집으로 찾아와서 이렇게 말했다.

"링고, 지금 나하고 빨간 순무의 고향에 가 볼래?"

그날은 드물게 아침부터 화창한 날이었다.

구마 씨는 위아래를 스키복으로 무장하고 만반의 준비를 갖추고 왔다. 크리스마스 날 밤, 남자 커플에게 요리로 냈던 빨간 순무밭을 방문하자는 것이었다.

지금 당장이라는 제안에 놀랐지만, 그렇게 근사한 빨간 순무를 키운 사람을 만날 기회는 흔치 않을 테고 귀중한 보물을 나눠 준 것에 감사의 말도 전하고 싶어서 구마 씨와 함께 가기로 했다.

얼른 들어가서 빨간색 방한 점퍼와 감색 스키 바지에 평소 신는 장화를 갖추고 집을 나섰다. 구마 씨의 트럭으로 갈 수 있는 곳까지 가서 중간 지점부터는 설피(눈에 빠지지 않도록 신발 바닥에 대는 일종의 덧신)를 신고 눈밭을 터벅터벅 하염없이 걸었다.

장소는 유방산 뒤쪽에 펼쳐진 급경사가 진 토지였다. 지금은 눈에 푹 덮여 있지만, 빨간 순무는 그 눈밭 아래 보존돼 있다고 한다.

"저 경치를 링고한테도 한번 보여 주고 싶더라."

구마 씨는 숨을 헉헉거리면서 말했다. 짊어지고 있는 륙색에 뭐가 들어 있는지 모르겠지만 상당히 무거워 보였다.

구마 씨가 앞장서 걸어가고 내가 그 뒤를 따라가는 식으로 거의 말없이 걷기만 했다. 눈밭에 한 걸음씩 또렷하게 발자국을 새기듯이 앞으로 나아갔다. 그때마다 발밑에서 뽀드득 뽀드득 굴토끼가 우는 듯한 소리가 났다.

그곳은 보이는 전부가 눈과 얼음의 세계였다. 하늘은 활짝 개고, 구름은 유유히 하늘 바다를 헤엄쳤다.

완만한 평원을 둘이서 걷고 있을 때였다. 구마 씨가 문득 멈춰 서더니 내 쪽을 돌아보며 무뚝뚝하게 말했다.

"스노드롭."

구마 씨의 장갑 낀 손이 가리키는 방향을 보니 홀쩍 자란 줄기 끝에 하얀 꽃이 고개를 숙인 듯이 피어 있었다. 한 송이가 아니라 여러 송이의 스노드롭이 무리 지어 피어 있었다.

"시뇨리타한테 보여 주고 싶어서 몇 년 전에 심었거든. 근데 시뇨리타가 있는 동안에는 안 피더니만 떠난 뒤에 피네. 귀여운 꽃인데."

스노드롭을 바라보며 우리는 잠시 휴식을 취했다. 스노드롭은 눈 속에서 갑자기 나타난 요정 같았다. 이렇게 추운 눈밭에도 생명은 어김없이 싹튼다.

벌거숭이 가지에 앉은 작은 새들이 서로 사랑을 속삭이고 있었다. 등에 땀이 흐르는 것을 느끼면서 나는 한껏 공기를 들이마셨다.

그리고 다시 강가를 따라 걸었다. 달콤한 냄새가 은은히 풍기는 바람 한 자락이 눈밭을 부드럽게 지나갔다.

"다 왔다!"

구마 씨가 그렇게 말했을 때는 몸이 완전히 달아올라 있었다.

산 중턱에 오도카니 서 있는 창고 같은 곳으로 들어가자, 구마 씨와 비슷한 연배로 보이는 남자가 있었다. 그가 빨간 순무를 재배하는 사람이었다. 옆에는 마치 쌍둥이처럼 똑같이 생긴 몸집이 작은 부인도 있었다. 이 부부가 옛날부터 전해 내려오는 빨간 순무의 씨를 대대로 지키고 있다고 했다.

지난번에는 훌륭한 빨간 순무를 나눠 주셔서 정말 감사했습니다.

나는 얼른 바구니에서 필담 노트와 연필을 꺼내 글씨를 썼다.

추위로 손이 얼어 힘이 들어가지 않았다. 상황을 눈치챘는지 내가 하고 싶은 말을 구마 씨가 거의 통역해 주었다.

구마 씨가 큰 륙색에 넣어 온 것은 모두 같이 나눠 먹을 도시락이었다.

"맨날 링고한테 얻어먹기만 해가꼬."

구마 씨는 그렇게 말하면서 가져온 플라스틱 통의 뚜껑을 하나하나 열어 테이블에 펼쳐 놓았다.

"노인네가 간을 맞춘 거라서 입에 맞을지 어떨지 모르겠다만, 먹어 봐라."

눈앞에는 조림 반찬과 계란말이, 주먹밥, 튀김, 단무지 등이 푸짐하게 차려졌다. 배가 고파서 얼른 먹기로 했다.

구마 씨의 어머니가 만들어 준 도시락은 할머니의 담백하지만 육수를 잘 우려낸 고급스러운 맛과도, 엄마의 화학조미료를 듬뿍 넣은 맛과도 달랐다. 토란과 우엉과 당근은 입안에서 저절로 뭉개질 정도로 부드럽게 잘 조려졌다. 멸치로 육수를 냈는지 멸치가 그대로 들어 있었다. 단단하게 굳은 계란말이는 설탕과 간장 맛이 적당했다. 주먹밥 속에는 구운 대구알이 들어 있었다.

씹으면 씹을수록 맛이 입안에 퍼졌다. 일류 요릿집에서 만드는 쇼카도 도시락(용기를 사등분해 담은 도시락 형태의 고급 음식) 같은 화려함은 결코 없지만 내 본연의 모습으로 돌아올 수 있을 것 같은, 확실하게 대지에 뿌리를 내린 음식이었다.

"이런 걸 먹을 때 제일 행복해요, 그죠?"

빨간 순무 농가의 부인이 커다란 주먹밥을 볼이 미어지도록 넣고서 진지하게 중얼거렸다. 나도 동감이었다.

그리고 나는 깨달았다.

다른 사람이 만든 요리를 먹는 것이 참으로 오랜만이라는 사실을.

내 취향으로 보면 밥이 너무 질긴 하지만, 그래도 얼마든지 주먹밥을 먹을 수 있었다. 뱃속 저 깊은 곳에서부터 점점 힘이 솟았다. 구마 씨의 어머니가 우리를 위해 정성껏 이 음식을 만들어 주어서다. 밥을 먹는 것이 아니라 어머니의 사랑 그 자체를 먹는 기분이었다.

그립다, 이 느낌. 전에도 어딘가에서 느꼈는데.

나는 마치 데자뷔 같은 느낌에 빠졌다. 그래서 기억의 끈을 더듬어 가니 웬걸, 할머니의 뒷모습과 이어졌다. 말끔하게 정돈된 부엌에 서 있는 할머니의 뒷모습이었다. 구마 씨의 어머니가 만들어 준 도시락은 할머니가 만들어 준 밥과 그 안에 담겨 있는 혼이 같다. 밥을 먹다 말고 눈물을 흘릴 뻔했다.

부인이 끓여 준 삼백초 차를 마신 후, 우리는 넷이서 바깥으로 나와 빨간 순무밭으로 향했다. 눈을 헤집자, 그곳에서 빨간 순무가 잔뜩 나왔다. 이렇게 눈 속에 묻어 두면 단맛이 더해진다고 한다.

"자, 먹어 보세요."

부부는 나와 구마 씨에게 빨간 순무를 한 개씩 권했다. 씹어 보니 즙이 얼굴에 튈 정도로 싱싱하다. 상큼한 향기가 나는 데다 단맛과 매운맛의 균형도 절묘했다. 먹고 싶은 만큼 먹어도 된다고 해서 나도 구마 씨도 사양하지 않고 먹었다. 같은 사람이 같은 밭에서 길러 낸 빨간 순무인데 하나하나가 이렇게도 맛이 다르다는 것을 처음으로 알았다.

하늘은 맑고, 눈으로 화장을 한 나무들 사이로 바다가

보였다. 미묘하게 색이 다른 바다와 하늘의 경계선이 자로 선을 쭉 그은 듯이 끝없이 뻗어 있었다.

산에서 내려오는 길에 나는 잠시 방심했던 모양이다. 조금 가파른 언덕길을 내려가다가 미끄러졌다. 눈으로 가려진 지면이 얼음이었던 것이다.

나는 엉덩방아를 찧는 자세로 자빠졌다.

"괜찮아?"

앞서가던 구마 씨가 얼른 되돌아왔다. 나는 창피해서 헤헤 웃으며 혀를 내밀었다. 그리고 구마 씨의 어깨를 잡고 일어서려고 했다. 하지만 일어서는 순간 다리에 힘이 들어가지 않아서, 또 눈 위에 넘어졌다. 골절이라고 할 정도는 아니었지만 넘어질 때 힘을 잘못 주었는지 왼쪽 발목을 삔 듯했다. 그래도 통증을 참으면 느리게나마 걸을 수 있을 것 같았다.

한 번 더 왼쪽 발을 감싸면서, 오른쪽 발만으로 일어서려고 할 때였다.

"링고, 이거 들어 봐라."

구마 씨가 등에서 류색을 내렸다. 도시락을 다 먹어서 류색은 가벼웠다. 무슨 뜻인지 알 수 없어 멍하니 입을 벌리고 있으니 등을 내밀었다.

"자, 사양하지 말고 꽉 잡으래이."

그렇게 말하며 구마 씨가 나를 업어 주었다.

"링고쯤이야 아직 거뜬히 업을 수 있다."

구마 씨가 앞을 보며 말했다.

어떻게 할지 망설이다 구마 씨 등에 몸을 맡겼다.

"으랏차!"

구마 씨가 기합을 넣으면서 일어서자, 갑자기 시야가 휘청 흔들리며 언제나 보던 풍경보다 훨씬 높아졌다. 구마 씨는 훅, 훅, 훅 하고 크게 숨을 토하면서 걷기 시작했다.

그때도 그랬다. 초등학교 복도에서 내가 혼자 울고 있을 때. 구마 씨는 크고 따뜻한 등에 나를 업고, 평소에는 들어갈 수 없는 직원실로 데려가 주었다. 그리고 냄비 안에서 쿨쿨 자는 동면쥐를 보여 주었다.

그 후 나는 자라서 생리를 하고, 도시로 나가고, 남자 친구도 생기고, 실연도 하고, 식당 주방장이 되는 등 여러 가지 경험을 했지만, 또 이렇게 구마 씨의 등에 신세를 지고 있다. 구마 씨는 이렇게 나를 돌봐 주는데, 나는 언제나 구마 씨에게 폐만 끼치고 있다. 평소 자주 봐서 잘 의식하지 못했지만 사실 다리가 좋지 않은 것은 구마 씨 쪽이다. 그런데…….

'저기, 왜 구마 씨는 저한테 그렇게 잘해 주세요?'

나는 마음속으로 구마 씨에게 물었다.

그러자 절묘한 타이밍에 구마 씨가 불쑥 말을 꺼냈다.

"엄마한테 불평을 마이 털어놓거든."

엄마는 우리 엄마를 말하는 것이다.

"시뇨리타가 떠난 뒤로 나도 마음이 마이 허해서 말이다. 술도 마시고 엄마한테 화풀이도 하고, 나쁜 짓 마이 했지. 그래도 엄마는 항상 웃는 얼굴로 들어 줬어. 지저분한 소리도 마이 했지만, 다 받아 줬다."

구마 씨는 지금까지 몰랐던 사실도 하나 가르쳐 주었다.

"그날도 말이다, 엄마한테 전화가 왔더라꼬. 딸이 돌아왔는데 좀 도와주었으면 좋겠다고. 아마 무화과나무에 올라가 있을 테니 가서 상태 좀 봐 주지 않겠냐고. 그래서 얼른 가 봤더니 엄마 말대로 링고가 있어서 깜짝 놀랐지. 난 엄마한테 아무리 은혜를 갚아도 부족하다."

구마 씨의 등에서 흔들리면서 나는 갑자기 아주 신 매실을 한 알 삼킨 기분이 됐다. 그런 줄 전혀 몰랐다. 구마 씨와 우연히 그곳에서 다시 만났다고만 생각했다. 삔 발목이 아니라 가슴 쪽에서 열이 나며 시큰하게 아파 왔다.

무사히 트럭까지 도착해, 왔던 길을 되돌아가면서 구마 씨가 뜬금없는 제안을 했다.

"링고, 온천에 들어가면 다리가 더 빨리 나을지도 모른데이. 아무도 안 오게 내가 망을 봐 줄 테니까, 어떻노? 잠깐 들러 볼래? 안 들여다볼 테니까."

구마 씨가 진지한 얼굴로 말했다. 마을 변두리에 있는 공동 온천은 아직도 혼욕이다.

하지만 이 마을에서 나는 온천물은 정말로 타박상이나 염좌에 잘 듣는다고들 한다. 사실 몸도 추위로 얼어 있었다.

나는 바구니에서 필담 노트를 꺼내 이렇게 써서 구마 씨에게 보여 주었다.

고마워요. 구마 씨도 몸이 얼었을 테니 같이 들어가죠?

구마 씨는 간신히 글씨를 읽더니 도중에 우회전했다. 그리고 마을 공동 온천을 향해 트럭을 몰았다. 이미 해가 기울고 있었다. 시간대를 잘 피하면 마을 노인네들과 부딪치지 않을 수 있을지도 모른다.

그러고 보니 어느새 산자락에 해가 지고, 눈만 파랗게 빛나고 있었다.

이월 중순의 일이었다.

엄마가 나를 파티에 초대했다.

달팽이 식당에서 김치를 담근 후 집으로 돌아오니, 엘메스의 축사 입구에 엄마의 반듯한 글씨로 쓴 메모가 끼어 있었다.

장소는 아무르.

해마다 열리는 복어 파티가 있다고 했다.

주최자는 네오콘이었다. 멤버는 네오콘과 엄마를 포함해 아무르의 단골손님 예닐곱 명. 개중에는 연말연시에 엄마와 함께 하와이 여행을 갔던 사람도 포함됐다. 네오콘은 건설 회사 사장이지만 복어 조리 자격증도 갖고 있다고 한다.

실은 당일까지도 파티에 갈지 말지 정하지 못했다.

그날 달팽이 식당의 예약은 없었지만 독서나 뜨개질을 하며 여유롭게 보내고 싶은 마음이었다. 게다가 엄마가 남자 친구와 시시덕거리는 현장 따위 보고 싶지 않았다.

그러나 결국 참가하기로 했다. 이유는 나도 복어를 먹어 보고 싶어서다. 물론 지금까지 한두 번은 복어회를 먹어 본 적이 있다. 하지만 종이처럼 얇은 것이어서 입에 넣고 몇 번만 씹으면 없어져 맛을 잘 알 수 없었다. 최근에는 세계적으로 주목받는 유명한 요리사까지 일본의 복어에 주목하고 있다고 한다. 그런 복어의 매력을 늦었지만 나도 알고 싶다는 요리사로서의 호기심이 발동했다.

"너, 알리바바한테 당했다면서."

오후 다섯 시쯤 지나 밖에서 시끄러운 소리가 들려서 나가 보니, 네오콘이 싫다는 백마를 억지로 종려나무에 묶느라 탁한 소리를 지르고 있었다. 오늘 밤은 마음껏 술을 마실 작정인 것이다. 알코올을 마실 때 네오콘은 반드시 애마 벤츠가 아니라, 말, 그것도 백마를 타고 온다.

어떻게 네오콘이 내가 사귀던 사람의 이름까지 알고 있지? 엄마가 재미 삼아 떠든 것이 분명하다. 겨우 잊을 만해졌는데 또 떠올리게 만들어서 화가 났다.

아무르로 돌아와 마음을 가라앉히고 파를 썰고 있으니, 뒤따라 들어온 네오콘이 집에서 밑 손질을 해 온 재료를 하나둘씩 꺼내 카운터에 늘어놓았다. 이날을 위해 일부러 오이타현에서 주문했다고 하는 천연 복어는 큼직한 것이 겉보기로도 싱싱함이 느껴졌다.

네오콘은 자랑스럽게 자신의 복어용 식칼을 가져와서 회를 준비했다. 나는 네오콘이 들고 온 폰스(감귤류인 등자를 짜서 만든 즙)를 개인 접시에 각각 따랐다.

이윽고 멤버들이 모두 모이고, 복어 파티가 시작됐다.

모두 이 날을 손꼽아 기다린 먹보들뿐이었다. 가져온 술은 청주, 소주, 맥주, 와인 등 다양했고 먹보 손님들은 그 술을 한 병씩 따서 술술 마셨다.

네오콘이 준비한 것은 샴페인, 그것도 크리스털 로제였다. 무엇을 숨기랴, 엄마는 이 샴페인을 제일 좋아한다. 나도 딱 한 번 고급 수입 식료품 가게의 유리 너머로 본 적이 있다. 물론 입에 댄 적은 없지만, 아주 비싸다는 것만은 알고 있다. 크리스털 로제는 문밖의 눈 속에 묻어 차게 해 두었다.

복어 전문점 것보다 약간 도톰하게 썬 복어회는 얇게 깔린 눈처럼 가련해 보였다. 뼈가 붙은 부분을 숯불에 살짝 구운 복어구이도 맛이 한층 응축돼 넘치는 식욕을 참을 수 없다. 튀김은 속까지 열이 푹 배어 씹는 맛이 좋았다.

파티 참가자들은 대화도 잊고 묵묵히 복어 요리를 먹었다. 나도 몸 전부가 혀로 변한 듯 꿈을 꾸는 기분으로 맛을 보았다. 더없는 행복이란 이런 것이리라. 정말로 행복한 꿈속에서 사치스러운 만찬회에 초대된 기분이었다.

드디어 사람들이 기다리던 간(肝) 룰렛이 시작됐다.

간 룰렛이라고 해도, 정말로 독이 있는 간을 먹는 것이 아니라 그냥 장난으로 그렇게 부르는 데 지나지 않지만, 어쨌든 남은 회를 간에 찍어서 먹는 룰렛이었다.

원래 이렇게 먹는 방법은 오이타현을 제외한 다른 곳에서는 허용되지 않는다고 한다. 하지만 이 아무르 파티에서는 해마다 은밀히 그렇게 먹어 왔고, 지금까지 먹고 죽은 사람은 없었던 것 같다.

경위는 이러했다. 처음 복어 대회를 시작했을 무렵만 해도 첫 코스로 회가 나오면 이런 식으로 먹었다고 한다. 만약 그때 독이 든 간을 먹고 뒤에 나오는 복어구이며 복어튀김, 복어죽을 먹어 보지도 못하고 죽으면 아무래도 억울하다는 것이 모두의 의견이었다. 그래서 회 접시를 두 개 준비해서 한 접시는 그냥 먹기로 하고 복어 풀코스를 만끽한 후, 두 번째 접시는 남아 있는 회를 간에다 찍어 먹기로 했다던가. 그렇다면 설령 먹고 죽더라도 후회가 남지 않을 거라면서. 그 얼마나 탐욕스러운 발상인가…….

"샴페인!"

완전히 취한 엄마가 소리치자, 거기에 맞춰 참가자들에게서 박수가 나왔다.

네오콘은 일어서서 밖으로 나가 눈 속에서 차가워진 크리스털 로제를 감추듯이 스포츠 신문으로 싸서 가지고 왔다. 반쯤 젖은 지면에는 유명한 야구 선수가 한 손을 들고 웃고 있다.

네오콘은 아무르의 카운터에 들어가더니 엄마와 함께

다시 건배할 준비를 했다. 테이블에는 간 룰렛 준비가 이미 끝났다. 모두 취기가 상당히 오른 상태였다.

나는 곁눈질로 흘끗흘끗 카운터 안에 있는 엄마와 네오콘을 보았다. 아까부터 아무래도 행동이 수상하다고 생각했더니, 역시 모두에게서 사각지대인 구석에서 자기들이 마실 샴페인과 다른 사람들이 마실 샴페인을 따로 따르고 있었다. 자기들 잔에는 크리스털 로제를 따르고, 다른 사람 잔에는 포메리 로제를 따르는 것이다. 또 기분 나쁜 현장을 보고 말았다. 나는 갑자기 흥이 식고 불쾌해졌다.

이윽고 엄마가 아무렇지도 않은 얼굴로 모두에게 샴페인 잔을 나눠 주었다.

자세히 보면 미묘하게 다른 핑크색이지만 취한 사람들은 눈치채지 못했다. 아니, 설마 그런 짓을 할 거라고는 아무도 생각하지 못했을 것이다.

엄마가 상냥하게 샴페인 잔을 건네면서 내게도 다가왔다. 나는 망연한 얼굴로 잔을 받아들었다. 그리고 그 색을 보았을 때, '어?' 하고 생각했다. 엄마는 그 표정을 읽었는지 재빨리 내게 속삭였다.

"됐어, 너도 이거 마셔."

돌려주려고 했지만, 이미 엄마는 자기 자리에 가서 앉았다. 그리고 이 모임의 기획자인 네오콘이,

"역시 인생 마지막에는 이걸 먹고 죽는 게 최고여. 여러분, 지금까지 감사합니다!"

하고 장난스럽게 이별 인사 같은 것을 하고, 건배한 뒤 복어회를 간에 찍어서 입에 넣었다. 걸리면 좋을 텐데, 하고 생각한 것과 "세이프!" 하고 네오콘이 소리를 지른 것은 거의 동시였다. '아아, 유감이네'라고 생각하면서, 나는 크게 한숨을 토했다. 그리고 그 기분을 씻어내듯이 태어나서 처음으로 크리스털 로제를 입에 댔다.

다른 사람들에게 미안하다는 기분이 들지 않는 것은 아니었지만, 이런 기회가 아니면 좀처럼 마실 수 없다. 솔직히 맛을 보고 싶다는 호기심이 더 강해서 사양하지 않고 마시기로 했다. 미안합니다, 하고 생각하면서 태어나서 처음으로 고급스러운 핑크색 크리스털 로제를 마셨다.

한 모금 마실 때마다 몸속에 꽃밭이 펼쳐졌다. 나는 아직 천국이라는 곳을 제대로 상상할 수 없지만 만약

천국의 입구에서 이 술을 단 한 모금이라도 마신다면, 그곳에서 더 이상 나오고 싶지 않을 거라는 생각이 들었다.

파티는 끝없이 이어졌다.

그다음에는 복지리를 먹고 남은 국물로 마지막에 죽을 끓여 먹는 것으로 끝나는 듯하더니, 다시 처음으로 돌아가서 술 파티가 시작됐다.

부어라 마셔라 불러라의 연속. 아무르의 노래방 기계로 노래를 하는 사람이 있는가 하면 바닥에 주저앉아 잠든 사람도 있었다. 혀도 돌아가지 않으면서 세계정세를 얘기하는 이와 그 옆에서 텔레비전의 일기예보를 경청하는 사람 등 저마다 복어의 여운을 즐겼다.

그러는 동안 나는 혼자 아무르의 카운터에 들어가서 뒷정리를 했다. 눈앞에 지저분한 그릇이 있는 것을 그냥 두고 보지 못하는 성격 탓이다.

크리스털 로제를 혼자 반 이상이나 마신 엄마는 완전히 취해서 네오콘의 어깨에 기대어 있다. 의자에 나란히 앉은 두 사람은 서로 녹아든 두 가지 색의 소프트아이스크림처럼 흉하게 붙어 있다.

나는 달라붙어 있는 두 사람의 모습을 되도록 보지 않으려고 설거지에 전념했다. 어릴 때부터 일상적으로 봐 온 광경이지만 나이를 먹어도 익숙해지지 않았다.

그때 엄마의 귓구멍에 숨을 불어넣듯이 속삭이는 네오콘의 간지러운 말이 내 귀에도 들어왔다.

"이봐, 루리코, 이제 그만 한번 시켜 줘. 맛있는 복어 먹여 줬잖아? 크리스털 로제도 맛있었잖아? 으응?"

네오콘은 한 손으로 엄마의 엉덩이를 어루만졌다.

"안 되엥."

엄마가 끈적끈적한 목소리로 대답했다.

"뭐 어때, 닳는 것도 아니고 말이지. 평생에 딱 한 번 시켜 준다고 벌을 받을 것도 아니잖냐고. 이대로 내 몸을 모르는 채 루리코 인생이 끝나 버린단 말이야. 당신 후회할걸."

처음에는 두 사람이 장난삼아 만담을 주고받는 건가 생각했다. 그도 그럴 것이 네오콘은 벌써 내가 어릴 때부터 공공연하게 엄마의 남자 친구라고 들어 왔고, 갖다 바친 돈 덕분에 지금은 첫 번째 남자 친구의 자리에까지 올라간 인물이다. 설마 지금까지 한 번도 육체관계가 없었다니, 좀 믿기 어려웠다.

내가 깜짝 놀라서 설거지하던 손을 멈추자 이번에는 네오콘이 내게 말을 걸어왔다.

"어이."

가시 돋친 목소리로 부르면서 그가 나를 노려보았다. 내가 무시하자 소리를 더 높였다.

"딸이 엄마한테 말 좀 해! 네오 님한테 한 번쯤 침대에서 재미있는 일 좀 해 주라고."

나는 울컥 화가 치밀어서 무표정하게 네오콘을 노려보았다. 네오콘은 "쳇" 하고 지저분하게 혀를 차더니 이렇게 내뱉듯이 덧붙였다.

"도대체 너희 모녀는 엄마나 딸이나 고집은 세 가지고. 엄마도 엄마고 딸도 딸이네. 가랑이 한번 벌려 주면 좀 좋아. 이렇게 고집을 부리니 딸도 저렇게 삐뚤어져서 말도 안 하잖아."

그러자 이번에는 아까까지 노래방 기계로 '아마기고에'를 열창하던 아무르의 단골손님까지 이 대화에 끼어들었다. 마이크 너머로 에코가 걸린 목소리로 소리쳤다.

"루리코 마담은 이래 봬도 순수하다고요. 좋잖습니까,

루리코 마담. 처녀를 지키고 있다니 요즘 세상에 천연기념물이지요. 젊은 아이들도 모르는 남자하고 금세 들러붙어서 예사로 하는 세상인데."

남자는 샐러리맨풍 슈트 차림으로 자기 대사에 취했는지, 곡이 끝나도 마이크를 잡은 채 한동안 멍청하게 서 있었다.

대체 이 사람들은 모두 무엇에 관해서 얘기하는 걸까.

나는 머릿속이 새하얘졌다.

엄마가 처녀?

그럼 나는 역시 엄마가 낳은 아이가 아닌 건가?

전부터 어렴풋이 그런 느낌이 들었다.

나와 엄마에게는 공통점이 없어도 너무 없다. 어쩌면 내가 기대한 대로 엄마는 내 친엄마가 아닐지도 모른다. 사실은 좀 더 자비롭고 자상한 성격의 엄마가 이 지구 어딘가에 존재해서 지금도 나를 찾고 있을지도…… . 나는 희미한 희망으로 가슴이 부풀었다.

하지만 그런 달콤한 꿈도 잠깐.

엄마는 취해서 크리스털 로제처럼 핑크색이 된 얼굴을 번쩍 들더니 내 눈을 똑바로 보며 말했다.

"너 말이야, 처녀가 임신해서 낳은 아이야."

엄마는 완전히 취했다. 취하면 헛소리를 하는 버릇은 옛날부터 그랬다. 그래서 지금까지도 많은 남자를 속여왔다.

수도꼭지를 잠그는 것도 잊고 카운터 안에 멀뚱하게 서 있자, 아까 얘기에 끼어들었던 단골손님이 또 말을 거들러 왔다. 또 에코가 걸린 큰 목소리가 울렸다.

"어어, 혹시 링고 양, 지금까지 이 얘기 몰랐나요?"

그가 눈을 동그랗게 떴다. 놀라고 싶은 것은 내 쪽인데! 나는 힘껏 카운터를 걷어차고 싶어졌다.

엄마는 취하기는 했지만 진지한 눈으로 말을 이었다.

이미 네오콘은 엘메스처럼 코를 골며 자고 있다.

"너는 말이야, 물총 베이비야!"

물총이라니…….

머릿속에 석고를 부어 넣은 것처럼 사고가 정지됐다. 그러자 단골손님이 "이거, 여기서는 유명한 얘긴데" 하고 신기하다는 듯이 말하며, 이번에는 마이크를 제대로 내려놓고 내 눈 앞의 의자까지 이동하더니 그 얘기를 더 자세하게 들려주었다.

귀에 들리는 모든 것이 처음 듣는 얘기뿐이어서 나는 무엇부터 의심해야 할지 알 수가 없었다. 요약하자면 이런 얘기였다.

엄마에게는 고교 시절에 사귀었던 일 년 선배인 약혼자가 있었다. 서로에게 반해서 장래를 약속한 사이였다. 두 사람은 엄마가 고등학교를 졸업할 때까지는 플라토닉한 관계를 유지하기로 결심했다. 엄마의 약혼자였던 선배는 성적이 우수해 간사이(関西)에 있는 대학의 의학부에 진학했다. 그래서 한동안은 편지만 주고받는 원거리 연애를 했다. 엄마는 약혼자 곁으로 가기 위해서 열심히 공부했다. 그리고 보기 좋게 교토에 있는 대학에 합격했다. 하지만 엄마가 가르쳐 준 주소대로 약혼자의 집에 찾아갔을 때는 이미 그 사람이 이사를 간 뒤였다. 그 후 두 번 다시 그를 만나지 못했다.

그때부터 엄마는 자포자기를 했다. 그래서 약혼자를 잊기 위해 임신을 해야겠다고 생각했다. 그를 깨끗이 단념하고 새로운 인생을 살아가기 위해. 처녀를 바칠 상대는 약혼자인 그 사람밖에 생각하지 않았기 때문에, 그

외의 사람이라면 누구여도 마찬가지였다. 그러나 막상 현장에 가면 약혼자 생각을 떨칠 수 없었다. 그래서 처녀의 몸으로 임신하는 방법이 없을지 고민한 끝에 문득 물총을 사용하면 어떨까 하는 아이디어가 떠올랐다는 것이다.

"옛날에는 정자은행이라는 게 없었거든."

얘기를 끊고 엄마가 말하자, 지금까지 진지하게 얘기하던 단골손님도 "아냐, 아냐. 요즘도 일본에서는 인정하지 않아, 정자은행은" 하고 말을 이었다.

엄마는 일시적인 연애로 제비 뽑듯이 상대를 골랐다. 그리고 상대의 정자를 물총에 담아 구멍에 넣고 쭉 쐈다고 손짓을 섞어 가며 증언했다.

"왼손 약지에 반지를 끼고 있었던 걸로 봐서, 아마 부인이 있는 남자였던 것 같아. 그렇다고 이 아이가 불륜으로 낳은 아이라는 마음으로 린코라고 이름을 붙인 건 아니야. 그렇지?"

고주망태가 된 엄마는 잡아먹을 듯이 텔레비전 일기예보를 보고 있던 나이 지긋한 단골손님에게 느닷없이 동의를 구했다.

"루리코 마담은 일편단심이지. 첫사랑 남자를 아직도 계~속 생각하고 있으니."

느닷없이 말을 걸었는데도 그 사람은 텔레비전 화면에서 눈을 떼지 않고 대답했다. 겨울인데 어쩐지 태풍이 접근하고 있는 것 같았다. 엄마는 갑자기 벌떡 일어서더니,

"그래, 나는 말이야, 평생 처녀로 살 거야!"

하고 뉴욕에 있는 자유의 여신상처럼 한 손을 높이 들고 선언했다. 그리고 카운터에 풀썩 엎드리더니 그대로 숨소리를 내며 잠이 들어 버렸다.

내 머릿속에는 무수히 많은 부메랑이 날아다녔다. 이것이 사실이라면 큰일이다. 물총 정자로 임신하다니, 이런 얘기는 들은 적도 없다. 하지만 그게 정말이라면 나는 세계 최초의 물총 베이비다.

엄마는 엎드린 채, 언제까지고 홍알홍알 잠꼬대를 중얼거렸다.

아무르의 분위기는 갑자기 정적에 감싸였다.

부엉이 영감이 심야 열두 시를 알리는 시간은 이미

오래전에 지났다. 회비를 내고 돌아간 이도 있고 바닥에 쓰러져 잠든 이도 있다. 나는 자는 사람들을 깨우지 않도록 조심하면서 조용히 뒷정리를 했다.

나는 원래 남의 얘기를 잘 믿고 잘 속는 성격이다. 그래서 어쩌면 여기 있는 사람들 전원이 짜고 나를 속이고 있는 것이 아닐까 의심했다.

아마 그런 건 아닐 것이다.

이곳에 있는 사람들 모두 겉모습은 어떻든 본바탕이 성실하고 상처 입기 쉬운 여린 사람들이라는 것을 어렴풋이 깨닫고 있었다.

오늘 밤, 내가 모르는 세계에 사는 또 한 사람의 엄마를 느꼈다. 그리고 그곳에 사는 엄마는 내가 아는 엄마보다 조금 달콤한 냄새가 났다.

아무르의 정적은 그리 길게 가지 않았다.

내가 아까 들은 엄마의 러브스토리를 회상하고 있을 때, 네오콘이 갑자기 벌떡 일어나더니 "오줌, 오줌" 하고 아무르 문을 열고 밖으로 나갔다.

가게 안에 멀쩡하게 화장실이 있는데 그렇게 밖에서 싸지 않아도 되잖아!

그것도 남의 집 마당에다가.

그렇게 속상해하고 있는데, 바지 지퍼가 걸렸는지 억지로 끌어올리면서 네오콘이 추운 듯이 몸을 움츠리고 돌아왔다. 그리고 나를 향해 거칠게 말했다.

"너, 내가 기껏 보낸 개업 축하 화환, 버렸지!"

아뿔싸. 달팽이 식당을 열던 날 네오콘이 커다란 화환을 보내 주었지만, 파친코 가게의 개업 화환 같아서 너무나 어울리지 않았다. 그래서 아무르 뒤쪽으로 옮겨놓은 채 그대로 두고 말았다. 너무 커서 버리기조차 힘들어 그대로 방치했던 것이다.

"사람이 기껏 베푼 호의를 개무시하다니."

네오콘이 내뱉듯 말했다. 그리고 덧붙였다.

"야, 배고프니까 뭐 좀 만들어 봐."

네오콘 따위에게 누가 만들어 줄까 봐.

나는 솔직한 사람이어서 사적인 상황에서는 내가 좋아하는 상대에게만 요리를 만들어 준다.

못 들은 척하고 있으니, 네오콘은 일부러 내 얼굴을 향해 담배 연기를 내뿜으면서 마치 동네 깡패처럼 심술궂게 말했다.

"허어, 재수 없는 놈한테는 만들어 주지 않겠다, 그거네. 너, 네가 뭐라고 생각하는 거냐? 에스카르고(식용 달팽이) 식당의 주인이라고? 농담도 쉬어 가면서 해라. 손님을 고르는 건 프로가 아냐. 아가씨 혼자 하는 소꿉놀이, 혼자 용쓰는 스트립쇼지, 그건. 멍청하게 있지 말고 네오콘 님이 배가 고프니 뭐라도 만들어!"

말을 마친 네오콘의 입가에는 사마귀 알 같은 거품이 묻어 있었다.

내 가게는 에스카르고 식당이 아니라 달팽이 식당입니다요.

그렇게 거침없이 말해 주고 싶었다. 그리고 나는 지금까지 수많은 고생을 해 왔다. 스트립쇼 운운하는 말을 들을 이유가 없다. 요리를 향한 애정은 어떤 유명한 요리사에게도 지지 않을 자신이 있다. 네오콘에게 그런 지저분한 말로 욕을 먹고 나자 식칼이 있으면 한 방에 보내고 싶은 기분이 들었다. 그것은 나뿐만이 아니라 나를 지켜보고 있는 요리의 신에 대한 모욕이기도 했다.

나는 소리를 버럭 지르는 대신에 아무르의 냉장고 문을 힘껏 열었다. 처량한 냉장고에는 화학조미료가 든 된장이 조금 있을 뿐, 쓸 만한 식재료는 전혀 남아 있지 않았다.

달팽이 식당 주방도 지금은 동면 상태여서 식재료는 거의 들여놓지 않고 있다. 그러나 이대로 물러날 수는 없다. 나는 무표정하게 달팽이 식당으로 향했다. 냉장고 속 내용물을 기대하지는 않았지만, 그렇게라도 하지 않으면 네오콘에게 체면이 서지 않는다.

달팽이 식당의 문을 열고 들어가서 닥치는 대로 서랍을 열고 선반을 뒤져 보았다. 역시 쓸 만한 재료는 하나도 남아 있지 않았다. 유일하게 의지하던 겨된장에도 하필이면 아무것도 들어 있지 않았다. 전날 담근 배추김치는 먹기에 너무 이르다. 밤중이라 요로즈야 슈퍼마켓도 문을 닫았다. 이 마을에는 24시간 영업하는 편의점도 없다.

대책이 없었다. 네오콘에게 순순히 사과해야겠다고 생각하고 필기도구가 든 서랍을 열었을 때, 문득 보니 구석에 갈색 덩어리 하나가 아무렇게나 굴러다니고 있는 게 눈에 들어왔다.

뭘까 하고 꺼내 보니, 말라빠진 가다랑어포였다.

위 칸 서랍에 넣어 두었는데, 어쩌다 아래로 떨어진 모양이다. 그 순간, 뇌리에 섬광처럼 파팍 번쩍이는 것이 있었다.

아무르의 전기밥솥 안에는 아까 죽을 끓이고 남은 흰밥이 있다. 이 가다랑어포만 있으면 어떻게든 고급스러운 육수를 낼 수 있을 것이다. 육수와 밥으로 간단한 오차즈케를 만들자. 나는 그렇게 결심하고, 가다랑어포를 깎는 작업에 들어갔다. 뒤져 보니 운 좋게 서랍에서 다시마도 나왔다.

나는 가다랑어포와 다시마를 양손에 들고 뛰다시피 아무르에 돌아와서 편수 냄비에 물을 부었다. 네오콘은 취해서 시뻘게진 얼굴로 내 행동을 시종일관 지켜보고 있다.

거렁거렁한 목소리로 재떨이에 가래를 뱉듯이 내뱉었다.

"알아? 나는 말이야, 맛있다고 하는 가게는 전 세계를 다 돌아다녀 봤다고. 하마 고기 스튜를 먹으러 일부러 탄자니아까지 갔다 온 사람이란 말야. 각오해. 맛이 없을 때는 맛이 없다고 가차 없이 말할 거니까. 솔직한 평가 듣고 울지나 말어."

사실은 다리가 후들거릴 정도로 무서웠다. 하지만 그런 네오콘의 말을 한 귀로 듣고 한 귀로 흘리는 척하며 육수 만드는 작업에 전념했다.

하마 고기 스튜 얘기는 어릴 때부터 귀에 딱지가 생기도록 들었다. 소고기보다 씹는 맛도 좋고 아무튼 끝내 준다고 나를 볼 때마다 자랑했다.

어쨌든 중요한 건 무심해지는 것. 제일 싫어하는 네오콘을 위한 요리를 만드는 것은 고통스러운 작업이지만 그 사실을 되도록 떠올리지 않으려고 애썼다.

싫어하는 감정은 반드시 맛에 반영되니까, 마음도 머리도 비우기로 했다.

"초조해하거나 슬픈 마음으로 만든 요리는 꼭 맛과 모양에 나타난단다. 음식을 만들 때는 항상 좋은 생각만 하면서, 밝고 평온한 마음으로 부엌에 서야 해."

할머니가 곧잘 해 주시던 말씀이다.

나는 재차 심호흡을 하고 마음을 안정시켰다.

타이밍을 재서 다시마를 꺼내고 잠시 기다렸다가 방금 깎은 가다랑어포를 듬뿍 넣는다. 가다랑어 향이 화악

하고 올라올 때 불을 끄고 체로 건져 낸다. 거기까지는 평소대로 순조로웠다. 마지막으로 소금으로 간만 맞추면 완벽하다.

그런데 그 단계에 이르자 내 혀가 맛을 제대로 보지 못한다는 사실을 깨달았다. 음식을 많이 먹은 데다 술을 마셔서 취한 탓일지도 모른다. 평소에는 한 번에 '이거다' 하고 간을 아는데, 도저히 베스트가 어느 정도인지 감이 잡히질 않았다. 소금을 계속 넣어도 짜지 않은 것 같기도 하고, 그러면서 이미 충분히 짠 것 같기도 했다. 그야말로 짙은 안개에 덮인 산속을 손으로 더듬어 헤매는 기분이었다.

바로 눈앞에서 네오콘이 다리를 덜덜 떨며 기다리고 있다. 더 이상 허둥대면 또 얕볼지도 모른다. 나는 내 혀를 믿고 마지막으로 한 번 더 소금을 집어넣은 후 맛을 결정했다. 밥솥에서 푼 밥을 미리 데워 놓은 덮밥 그릇에 담고 막 끓인 육수를 부어서 완성했다. 도마에 다진 파가 조금 남아 있어서 그것도 모아서 뿌렸다.

그걸 양손으로 들고 가서 네오콘 앞에 내려놓고 젓가락도 나란히 놓았다. "드세요" 하는 얼굴로 네오콘의 눈을 응시했다. 취했는지 평소보다 대담해졌다.

만약 달팽이 식당이었다면 여기서 주방에 들어가는 척하고 손거울 너머로 상대의 모습을 훔쳐볼 수 있지만, 아무르에서는 그럴 수도 없다. 도망칠 곳이 없다는 심정으로, 나는 그대로 카운터 한가운데 서 있을 수밖에 없었다.

일 미터도 떨어지지 않은 가까운 거리에서 네오콘이 오차즈케에 젓가락을 댔다. 바짝 긴장한 나는 눈을 감은 채 운명의 순간을 기다렸다. 오차즈케에서는 일식 육수의 좋은 향이 났다.

네오콘이 오차즈케를 먹는 소리만이 아무르에 울렸다. 사람이 평생 긴장하는 시간을 한순간으로 응축해 맛보고 있는 듯한 기분이었다. 이윽고 먹는 소리가 그치고, 덮밥 그릇에 젓가락을 나란히 내려놓는 소리가 울렸다.

내 가슴은 극도의 긴장으로 정신없이 떨렸다.

그러나 천천히 시야 속에 나타난 것은 마치 뜨거운 물로 씻은 듯이 깨끗하게 비워진 그릇의 모습이었다.

"맛있었다. 고맙다."

조심조심 네오콘의 얼굴을 들여다보자, 네오콘은 어

째서인지 두 눈이 빨갛게 돼 눈물을 글썽이고 있었다.

시시한 농담이나 아무도 웃을 수 없는 차별 발언을 하는 일은 있어도 절대 빈말은 하지 않는 네오콘이다.

이름을 붙일 수 없는 몇 가지 감정이 가슴속에서 북받쳐 올라왔다. 나는 황급히 화장실로 달려갔다. 네오콘 앞에서 눈물을 보일 수는 없다.

앞치마 끝으로 눈물을 닦고 간신히 마음을 추스른 후 화장실에서 나왔더니, 네오콘은 이미 가고 없었다. 덮밥 그릇 밑에는 회비 일만 엔 외에 일만 엔짜리 지폐가 또 한 장 놓여 있었다. 잘못 두고 간 것이 아닌 것은 분명했다. 부챗살처럼 나란히 겹쳐 놓았으니까.

밖으로 나가 보니 달빛에 비쳐 아스라한 푸른빛으로 물든 눈길에 말 발자국이 조그맣게 같은 간격으로 이어졌다. 아무르에 혼자 남은 엄마만 콜록콜록 기침을 했다. 나는 엄마의 어깨에 살며시 모피 코트를 덮어 주었다.

엄마의 향수 냄새가 희미하게 풍겼다.

그렇게 싫었던 이 냄새가 오늘은 그리 싫지 않다. 깊은 잠에 빠진 엄마의 옆얼굴이 조금 까칠했다. 그렇게 생각해서인지 안색도 별로 좋지 않았다.

여러 가지 일들이 아주 많았던 하루였다.

"고맙다."

내가 아무르를 나오려고 할 때, 엄마가 홍알홍알 잠꼬대 같은 목소리로 중얼거렸다. 누구에게 하는 말인지 정확하지는 않았지만, 그 목소리는 내 어깨에도 얇고 부드러운 베일을 살짝 걸쳐 주었다.

오늘 밤 두 번째 듣는 고맙다는 말.

정말로 동장군이 가까이 온 것 같다. 바깥의 눈은 진눈깨비로 바뀌었다. 질투에 미친 마녀 같은 바람이 마구 휘몰아쳤다. 마치 얼굴에 고춧가루가 박힌 것처럼 찌릿찌릿 아팠다.

내가 토한 입김은 세찬 바람을 타고 맹렬한 속도로, 네오콘의 등을 쫓아가듯 바람에 날려서 아득히 멀리로 흘러갔다.

이대로 조금씩 얼음이 녹고 봄이 오면 예쁜 꽃이 필지도 모른다. 꽃이 피면 달콤한 향이 주위에 가득 차고, 모두 미소 짓는 날이 어쩌면 그리 머지않은 미래에 다가올지도 모른다.

나는 엄마와 네오콘의 관계를 그런 식으로 생각했다.

그러나 현실은 언제나 단두대처럼 내 목에 차가운 칼날을 들이댄다. 행복에 대한 기대의 실을 무자비하게 뚝 끊어 놓는다.

그날 나는 하루 종일 기분이 가라앉아 있었다.

아침에 제일 먼저 굽는 엘메스에게 먹일 빵을 태웠고, 달팽이 식당으로 가는 도중 눈 속에서 동면 중이던 나비 커플을 실수로 밟아 죽였다.

둘 다 나쁜 마음이 있어서 한 일은 아니지만 아침부터 무거운 한숨의 연속이었다.

그리고 오후에, 그날 손님을 위한 메뉴인 광어아쿠아팟짜 준비를 할 때도 생선 내장이 깨끗이 뜯기지 않았다. 평소에는 아가미에 검지를 넣어 빼내면 내장이 한번에 깨끗하게 빠지는데 그날따라 토막토막 끊겼다. 이탈리아에 직접 주문해서 구입한 귀중한 엑스트라버진 올리브유 병까지 바닥에 떨어뜨려 깨진 데다 병 조각을 치우면서 손가락 끝을 베이기까지 해, 마치 마지막 동아줄이었던 요리의 신에게 버림받은 심정이었다.

하이라이트는 엄마의 고백이었다.

밤 열한 시가 지난 시각이었다. 달팽이 식당에서 집으로 돌아와 욕실에 들어가 있는데 갑자기 아무런 전조도 없이 욕실 문이 열리고, 엄마가 알몸으로 들어왔다. 나는 가슴이 철렁해서 그대로 얼어붙었다. 엄마는 항상 밤이 되면 아무르에 출근해서 집에 없었기 때문에 어릴 때도 엄마와 함께 욕실에 있었던 기억이 거의 없다.

나는 마치 사춘기 소녀가 갑자기 들이닥친 아빠 때문에 놀란 것처럼 황급히 무릎을 오므리고 두 손으로 가슴을 가렸다.

엄마는 그런 내 모습은 아랑곳하지 않고 말했다.

"할 얘기가 있다. 잠깐 괜찮니?"

그리고 세숫대야에 물을 떠서 몸에 한 번 뿌리더니, 내가 있는 욕조에 억지로 들어왔다. 차르르르 하고 단번에 뜨거운 물이 흘러넘쳤다.

놀라서 내가 일어나려고 하자 가지 마, 라고 하듯이 어깨를 잡아 눌렀다.

"실은 말이다."

엄마는 취하지 않았는데도 취한 듯이 들뜬 얼굴로 애

기를 시작했다.

"슈 선배를 만났다. 우연히 재회했지 뭐냐."

그리고 욕조에서 양손으로 물을 뜨더니 찰박찰박 얼굴에 뿌렸다.

슈 선배?

아무리 평소에 필담 노트를 갖고 다니는 나지만, 욕실까지는 가져오지 않았다.

"복어 파티 때 너도 들었잖냐, 내 첫사랑. 왜 결혼을 약속했던 사람 말이야."

엄마는 황홀한 목소리로 말했다.

뭔가 평소의 엄마와 목소리며 사용하는 단어까지 달랐다.

나는 속이 거북한 기분으로 나도 모르게 엄마의 옆얼굴을 뚫어지게 보고 있었다. 드디어 엄마는 정신이 이상해진 걸까? 엄마는 혼자 연극을 하듯이 앞만 빤히 보고 있었다.

"슈 선배는 말이야, 조금도 달라지지 않았어. 마지막으로 만난 지 벌써 삼십 년 이상이 흘렀고 서로 그만큼 나이를 먹었지만, 바탕은 옛날과 조금도 달라지지 않았더라고."

엄마의 목이 잘 익은 복숭아처럼 은은하게 붉은빛으로 물들었다.

나는 너무 갑작스러운 얘기를 듣게 돼 머릿속이 확 달아올랐다. 그러잖아도 이미 충분히 많은 생각을 하면서 욕실에 버티고 있었던 터라 손가락 피부가 부풀었다.

나는 엄마 얘기가 이제 끝난 거라고 생각하고, 욕실 테두리를 잡고 일어서려 했다.

어쨌든 이 얘기는 목욕이 끝난 후에도 들을 수 있다. 그런데 그 순간, 하늘에서 단두대의 칼날이 떨어졌다.

목욕을 끝내고 나와 정신을 차리고 보니 나는 몸에 바스타월만 감은 모습으로 부엌 냉장고 앞에 쭈그리고 있었다.

아까 엄마에게 들은 고백을 머릿속으로 반추한다. 도저히 이해가 되지 않았다. 엄마가 암에 걸렸고, 앞으로 몇 개월밖에 살지 못하며, 담당 의사가 첫사랑 상대였던 슈 선배라니. 엄마가 그 사실을 '해피 앤드 럭키'라고 표현하면서 자기가 곧 죽을지도 모른다는 사실보다 첫사랑을 만난 것을 진심으로 기뻐하고 있다니. 나는 도저히 이해할 수 없었다.

그건 아침 멜로드라마보다 더 굉장한 러브스토리였다.

이십일 세기에 존재하는 얘기라니 믿을 수 없었다.

내게 엄마는 강하고 씩씩하고 심술궂고, 언제나 싸움만 하는 상대였다. 우는 얼굴 같은 것은 지금까지 한 번도 본 적이 없다. 평생 불사신일 거라고 생각했다. 엄마만은 아무리 내가 세게 쳐도 망가지지 않는 샌드백이라고 믿었다. 도깨비조차 주저앉힐 강인한 정신을 가진 엄마가 병마에, 그것도 한 글자밖에 안 되는 무서운 병에 시달리다니…… 농담이라고 생각하고 싶었다. 엄마만은 그런 것과 무관하다고 믿었다.

냉장고 문을 가만히 열었다. 레몬색 조명이 안약처럼 눈에 스며들었다.

어중간하게 남아 있는 마멀레이드가 낯익다고 생각했더니, 역시 내가 십 년 전 집을 나갔을 무렵의 것이었다. 자세히 보니 잼 속에 눈처럼 곰팡이가 생겼다.

마가린 뚜껑을 열자 아니나 다를까, 역시 이쪽에도 녹색 김 같은 곰팡이가 가득했다. 사용하던 케첩과 마요네

즈 사이에는 바퀴벌레의 사체가 제멋대로 뒹굴었다. 이것들은 모두 엄마가 살아 있다는 흔적이었다.

그럼 엄마가 죽는다는 것은, 이런 것도 포함해 그 모두가 이 세상에서 사라져 없어진다는 뜻인가?

말도 안 된다.

나는 마음속으로 그렇게 소리치며 힘껏 냉장고 문을 닫았다.

욕실에서 엄마의 콧노래가 들려왔다.

밤이 깊도록 잠을 못 이룬 나는 잠옷 위에 다운 재킷을 걸치고 밖으로 나왔다.

얼어붙은 밤하늘에 몇 개의 별들.

누군가에게 매달리고 싶었지만 아무도 없어서, 할 수 없이 엘메스에게로 갔다. 밤기운은 해삼처럼 끈적거리며 숨 막히게 피부에 엉겨 붙었다.

마치 발톱 끝부터 조금씩 걸쭉한 액체로 된 양갱 속으로 가라앉는 것 같았다.

호흡 곤란이 올 것 같아 나는 마구 뛰어서 엘메스를 만나러 갔다. 아직 엄마가 한 말 모두를 믿을 수 없었다.

엄마 특유의 질 나쁜 농담이라고 말해 주었으면 좋겠다.

너는 정말로 바보라니까!

질리도록 들은 그 말을 지금은 한 번 더 듣고 싶었다.

엘메스가 눈을 동그랗게 떴다. 엘메스도 역시 잠이 오지 않는 것 같다. 혹시 뭔가를 알아챈 것은 아닐까.

내가 가까이 가자 엘메스는 영리한 집 지키는 개처럼 내 쪽으로 다가왔다. 그리고 동그란 눈동자로 나를 바라보며 고개를 갸웃거렸다. 달빛에 비친 엘메스는 평소 해님 아래에서 보던 모습보다 훨씬 귀여웠다. 나는 엘메스의 커다란 등을 와락 껴안았다.

엘메스의 몸은 따뜻했다. 빈말로라도 좋은 냄새라고는 할 수 없었지만, 이미 이 냄새에 익숙한 내 코에는 짙은 초원의 냄새처럼 느껴졌다.

엘메스는 내 귓가에 코를 갖다 대고 거칠게 숨을 쉬었다. 나는 너무 간지러워서 참지 못하고 웃음을 터트릴 뻔했다.

세상에는 혼자 힘으로 어떻게 할 수 없는 일이 있음을 안다. 내 뜻대로 할 수 있는 일은 극히 미미하다. 그리고 대부분의 사건은 큰 강물에 휩쓸려 흘러내려 가면서, 내 뜻과는 상관없이 누군가의 커다란 손바닥 안에서 좌우된다.

인생에는 좋은 일보다 나쁜 일이 훨씬 많다. 내 인생은 특히 그런 느낌이 들지만, 그래도 작은 행복을 찾아가면서 살아왔다. 그런데…….

생각하면 할수록 분한 기분이 들어, 엘메스의 딱딱한 등에 얼굴을 묻고 입술을 피가 나도록 세게 깨물었다.

다음 날 아침 엘메스는 내가 고향에 돌아온 뒤 처음으로 설사를 했다. 평소에는 태엽처럼 돌돌 감겨 있는 꼬리도 줄처럼 축 늘어졌다. 황급히 사육 노트를 펼치자, 엄마의 꼼꼼한 글씨로 '설사를 하면 목탄 가루 두세 큰술을 소량의 사료에 섞어서 준다'라고 적혀 있었다.

즉시 실행했다.

역시 엘메스도 뭔가를 민감하게 알아차린 것인지도 모른다.

그 후로는 매일 이불 속이나 엘메스 옆에서 뜬눈으로 밤을 지새웠다. 몸은 축 늘어져 피곤한데 이런저런 생각을 하고, 상상하다 보면 잠이 오질 않았다.

그것은 이내 무기력으로 이어질 것 같은 느낌이었다.

이제 아무것도 하고 싶지 않다.

몇 번이고 그렇게 생각했다. 약해져 가는 엄마 옆에서 시중을 들며 일 초라도 더 함께 있고 싶다고, 하루에 몇 번이나 결심하곤 했다.

그러나 결국 달팽이 식당은 정상 영업을 계속했다.

여기서 멈춰 버리면 평생 다시 일어설 수 없을 것 같은 예감이 들어서였다. 게다가 누군가의 행복한 얼굴을 보는 것은 내게 유일한 위안이었다.

기쁜 일도 많이 있었다. 봄이 가까워지면서, 구마 씨의 휴대전화로 하루에 몇 건씩 문의와 예약이 들어왔다.

작년에 좋아하는 남자에게 고백하고 싶다고 아르바이트로 번 용돈을 모아서 달팽이 식당에 와 준 고등학생 모모 양이 "너무 맛있었어요"라며 또 둘이서 예약하기도 하고, 결과적으로 달팽이 식당의 제1호 커플이 된 후계자와 선생님이 두 사람의 결혼식 사진을 보여 주기도 했다. 또 첩 할머니가 연하의 남자 친구를 대동하고 오기도 하고, 거식증 토끼를 데리고 왔던 고즈에가 아빠가 출장 간 동안 엄마와 토끼와 셋이서 내 요리를 먹으러

와 주기도 했다.

처음에는 "달팽이 식당의 요리를 먹으면 사랑과 소원이 이루어진다"라는 그럴싸한 소문이 퍼져서, 솔직히 호기심으로 오는 손님이 적지 않았다. 하지만 최근에는 그렇게 내 요리를 먹어 본 사람이 "한 번 더 먹고 싶어요" 하고 단순히 맛으로만 평가해 보통 식당처럼 이용하게 됐다. 그것은 요리사에게 최고로 명예로운 일이다.

게다가 계절은 일 초도 기다려 주지 않는다.

머위의 어린 꽃줄기는 지금 캐지 않으면 앞으로 일 년을 먹을 수 없고, 막 나기 시작한 야생 아스파라거스는 갓 딴 것을 생으로 먹는 게 가장 맛있다. 파드득나물, 땅두릅나물, 뱀밥, 쑥, 민들레, 두릅 싹, 고사리…‥. 산으로 둘러싸인 이 토지는 봄이면 대지의 은혜로 넘쳐난다.

다행히 엄마의 용태도 그리 긴박하지 않아서, 엄마는 엄마대로 화려한 의상에 짙은 화장을 하고 전과 다름없이 아무르 카운터에 마담으로 서 있었다. 병은 아무에게도 알리지 않았다. 한 걸음 바깥세상으로 나가면 고통스러운 몸짓은 전혀 보이지 않았다. 나보다 훨씬 프로 근성이 강하다.

엄마의 고백을 들은 며칠 뒤의 일이다.

엄마는 첫사랑인 현재의 약혼자를 데리고 달팽이 식당에 나타났다. 이름이 슈이치라고 했다.

슈이치 씨는 그야말로 엘리트 의사풍으로 키가 크고 훤칠했다. 도시 냄새가 나는, 그러면서도 승려 같은 분위기가 나는 남자였다. 다만 네오콘과는 다른 의미에서 역시 한눈에 내 아빠가 아니라는 것을 알 수 있었다. 엄마가 아직까지도 넋을 잃을 만큼 잘생겼다. 어쩌면 우리 모녀는 잘생긴 남자를 좋아한다는 공통점이 있는 것 같다.

나는 두 사람을 위해 로터스티를 끓였다. 연잎으로 만든 베트남 차다. 흙탕물 같은 상황이라고 해도 부디 연꽃처럼 아름다운 한 송이 꽃으로 피어나기를 기도하면서 정성껏 차를 끓였다. 나란히 놓은 두 개의 찻잔에서는 은은하고 달콤한 김이 났다.

슈이치 씨는 외국 생활이 길었다고 한다. 아무리 봐도 엄마와 너무 차이가 나서 혹시 엄마가 이 남자에게 속은 것은 아닌가, 앞으로 생명이 얼마 남지 않은 쓸쓸한 중년 여성의 유산을 노린 결혼 사기가 아닐까 하는 의심조차 들었다. 그만큼 슈이치 씨는 멋있었다.

하지만 당사자인 본인은 너무나 진지했다. 그는 자신이 엄마를 얼마나 사랑하는지 열변을 토했다. 그리고 엄마와 친해지게 된 계기 같은 것도 들려주었다. 슈이치 씨는 아주 정직한 사람이었다. 그도 역시 엄마와 마찬가지로 아직 독신이었다.

슈이치 씨는 엄마와 생이별을 한 후 몇 명의 여자와 사귀었던 것 같다. 그러나 도저히 결혼까지 갈 수가 없었던 모양이다. 엄마를 잊을 수 없었기 때문이라고 한다. 연인이 있었던 것은 인정했으나 엄마처럼 동정은 아닌 것 같았다. 엄마나 슈이치 씨의 나이에 그런 것쯤은 아무일도 아닐 것이다.

얘기 끝에 슈이치 씨는 새삼스레 등을 펴고 자세를 바로 하더니, 내 눈을 바라보며 또렷한 목소리로 말했다.

"부탁합니다. 루리…… 아니, 루리코 씨와 결혼하게 해 주세요. 반드시 엄마를 행복하게 해 드리겠습니다!"

그리고 무슨 생각을 했는지, 그는 갑자기 식당 바닥에 무릎을 꿇었다.

나는 황급히 말리며 얼굴을 들게 했다.

슈이치 씨는 금방이라도 울음을 터트릴 것 같았다. 엄마의 눈도 촉촉했다.

나는 난감해졌다.

엄마가 병마와 싸우고 있다는 현실을 받아들이는 것만으로도 힘들어서, 그 이상은 생각할 수 없는 상태였다. 게다가 이제 와서 엄마의 결혼에 반대할 이유도 없었다.

나는 급히 서랍에서 필담 노트를 꺼내 커다란 글씨로,

저야말로 잘 부탁합니다.

하고 되도록 정중하게 써서 건넸다.

그 순간, 왠지 내 눈가에도 눈물이 맺혔다.

딸을 시집보내는 아빠의 심정이 이런 것일까.

그 자리에 있던 세 사람 모두 필사적으로 눈물을 참고 있었다.

그 후로는 얘기가 척척 진행돼 엄마는 신부가 될 준

비를 착실히 해 나갔다.

거실 탁자에는 웨딩드레스 일러스트며 답례품을 고르기 위한 각 브랜드의 카탈로그가 항상 산더미처럼 쌓여 있었다. 옆에서 보기에도 엄마는 행복해 보였다.

슈이치 씨는 바쁜 병원 근무 틈틈이 엄마를 만나러 와 주었다.

한방으로 된 진통제를 가져오기도 하고, 마사지를 해 주기도 하고, 엄마의 푸념을 들어 주기도 하고, 내가 바쁠 때는 우리 집 부엌에서 쌀까지 씻어 주었다. 때로는 아무르의 카운터 의자에 앉아 고구마 소주로 칵테일을 만들어 마실 때도 있고, 좋아하는 정어리를 구워서 단골 손님들에게도 대접했다.

그 무렵 나는 달팽이 식당 일이 일찍 끝나면 조수로서 아무르 카운터 일을 도왔다. 엄마는 모두에게 슈이치 씨를 약혼자로 소개했고, 두 사람은 시골 사람들 특유의 거친 표현으로 따뜻한 축복을 받았다. 두 사람은 결혼하기 전까지는 동거도 하지 않고 외박도 하지 않았다. 벌써 쉰에 가까운 남녀가 결혼하기 전까지는 플라토닉한 관계를 지키겠다고 고집을 부렸다. 어쩌면 엄마는 정말

로 처녀일지 모른다. 나는 점점 진심으로 그렇게 믿게
됐다.

그러던 어느 날의 일.

그날은 전날 예약을 취소한 팀이 있어서 달팽이 식당
이 임시 휴업을 했다. 약간 늦잠을 잔 내가 엘메스의 빵
을 다 굽고 시간이 나서 목욕을 하러 들어가 있는데, 욕
실 문 너머에 엄마가 우두커니 서 있었다.

최근 들어 엄마는 많이 수척해졌다. 모자이크를 한 것
처럼 비치는 엄마의 실루엣은 마치 앙상한 겨울나무 가
지처럼 가늘었다. 만지기만 해도 뚝 부러질 것 같아서
바람만 세게 불어도 걱정이 됐다.

슈이치 씨가 완화 케어를 전문으로 했던 적도 있어서,
엄마는 수술도 항암 치료도 방사선도 거부하고, 민간요
법 등으로 대처해 왔다. 그러나 엄마의 에너지로도 어쩔
도리 없이 병마는 착실하게 엄마의 몸을 갉아 먹고 있
었다.

엄마는 가냘픈 목소리로 말했다.

"잠깐, 의논할 게 있는데."

엄마는 서 있는 것만으로도 힘이 드는지 유리문 바로 옆에 쭈그리고 앉았다.

"실은 피로연을 너한테 부탁하려고 해."

엄마가 말했다.

결혼식은 오월 초의 연휴에 슈이치 씨가 근무하는 병원 성당에서 둘이서만 올리기로 했다. 그리고 그 후 친구와 지인들을 불러서 성대하게 피로연을 한다. 장소는 이 근처 목장이다.

모두에게 대접할 음식을 만들라는 의미인가?

곰곰이 생각해 보면 나는 아직 엄마에게 내가 만든 요리를 제대로 대접한 적이 없다. 내가 할 수 있는 일이라면 뭐든 해 주고 싶은 심경이어서, 마음속으로 쾌히 승낙했다. 엄마는 계속해서 이렇게 말했다.

"이참에 엘메스를 먹어 버릴까 해. 그 애한테도 그편이 행복할 거야. 내가 없어지면 그 애도 슬플 테고. 그러니까 마지막 소원이라 생각하고……."

그리고 정말로 이것이 처음이자 마지막 효도가 돼 버렸다.

막 봄이 시작된 어느 날, 나는 구마 씨와 둘이서 엘메스의 목에 개 목걸이와 줄을 달아서 밖으로 끌어냈다.

밖은 이렇게 화창한 날씨에 푸른 하늘에는 해님이 방긋방긋 웃고, 비틀비틀 나는 아기 새들이 흰 구름을 향해 날개를 파닥거리는데, 이제부터 너무도 슬픈 일을 해야만 했다.

집집마다 지붕에는 할머니 가슴처럼 축 늘어진 겨울의 흔적인 고드름들이 뚝, 뚝 소리를 내면서 새로운 리듬을 새기고 있었다.

며칠 전부터 거의 잠을 자지 못했다.

엘메스의 발소리를 들을 때마다, 엘메스의 체취를 맡을 때마다, 엘메스가 제일 좋아하는 빵을 반죽할 때마다 이제는 마치 내 여동생 같은 엘메스의 수줍게 웃는 얼굴이 뇌리에 떠올랐다.

그것은 엄마도 마찬가지였을 것이다.

엘메스를 먹고 싶다고 말했을 무렵에는 "그 아이의 마지막은 내가 숨통을 끊어 줄 거야" 혹은 "엘메스의 피는 장미 향이 날걸. 그 아이는 내 분신이니까" 하면서 농담을 했지만, 막상 그 일이 현실감을 띠기 시작하면서 엄마에게는 밝은 기운이 사라지고 그때까지보다 더 식욕도 잃어 갔다.

정말 괜찮아?

나는 몇 번이나 필담 노트로 확인했다. 엄마는 그때마다 "그렇게 해 줘" 하고 힘이 다 빠진 할머니 같은 목소리로 대답했다.

엄마는 당초 예정대로 카메라맨을 불러 엘메스와 마지막 사진을 찍는 일은 하지 않았다. 대신 어젯밤 모두가 잠든 뒤 혼자 엘메스에게 가서 뺨에 뽀뽀를 하고, 커다란 등에 팔을 두르고 포옹을 했다. 그러고는 엘메스가 좋아하는 호두 빵을 잔뜩 주고 엘메스가 정신없이 먹는 동안 집 안으로 돌아왔다.

그 모습을 나는 내 방의 작은 창으로 몰래 엿보고 있었다. 오늘 아침 엄마는 자리에 누운 채 나오지 않아서, 결국 그 순간이 엄마와 엘메스의 마지막 순간이 됐다.

엘메스는 식물이 싹을 틔우기 시작한 좁은 산길을 뒤

뚱거리며 천천히 나아갔다. 마치 눈가리개를 하고 사형대로 향하는, 누명을 쓴 죄인 같았다. 수축돼 작아진 눈은 푹 꺼져 있었다. 웃는 것 같기도 하고, 울고 싶지만 애써 참으려는 것 같기도 했다.

나 역시 사형 집행인이 된 것 같은 심경이었다. 상대가 누명을 썼다는 사실을 알고 있지만 명령을 거역할 수가 없다. 과연 지금부터 내가 하려는 일이 옳은 것인지 그른 것인지조차 알 수 없었다. 한 번은 잡힐 것 같았던 희미한 대답들이 너무도 간단히 손가락 사이로 줄줄 흘러내렸다.

이 좁은 산길이 나선 계단처럼 영원히 이어지면 좋을 텐데.

이대로 기분 좋은 봄날 하늘 아래 엘메스와 둘이서 한가로이 산책을 하고, 단지 그것만으로 끝난다면 좋을 텐데. "다녀왔습니다!" 인사하며 씩씩하게 돌아온 우리를 웃는 얼굴로 맞이해 주는 엄마의 몸에서는 병마의 흔적이 몽땅 사라지면 좋을 텐데.

그러나 눈 깜짝할 사이에 목적지에 도착해 버렸다.

그곳은 구마 씨의 동급생이자 같이 노는 친구인 낙농

가가 소유한 폐허 한 모퉁이였다. 지금은 가족이 주로 젖소를 사육해 우유나 요구르트를 출하하고 있다. 옛날에는 더욱 폭넓게 사업을 했는데, 그중에는 양돈업 등도 포함돼 있었다. 현재 특별한 경우를 제외하고 가축장이 아닌 곳에서 가축을 해체하는 일은 법으로 금지됐다. 하지만 그의 할아버지가 집에서 기르던 돼지를 잡는 것을 어릴 때 도운 적이 있어서 지금도 그 경험을 살릴 때가 있다고 한다. 한 해에 몇 번씩 이웃 사람들이 부탁하면, 식육 센터로 돌리지 않고 비밀리에 돼지 해체 일을 맡아 주는 것이다.

엘메스는 모든 것을 알고 있었다. 아니 알고 있다고 할까, 모든 것을 깨닫고 있었다. 자신의 운명은 물론 엄마의 병이며 나와 엄마의 마찰 그리고 내 가슴에서 꿈틀대고 있는 말로 다 표현할 수 없는 복잡한 감정을.

나는 쪼그리고 앉아서 엘메스와 눈높이를 맞추고 엘메스의 눈을 말끄러미 바라보았다. 할머니라기보다 지혜롭고 사려 깊은 할아버지 같은 얼굴. 높이 뜬 해가 비추는 햇살에 하얀 속눈썹이 반짝거렸다. 속눈썹이 길어서 신선 같았다.

나는 긴장으로 굳어진 손가락을 펴서 가만가만 엘메스의 뺨을 만졌다. 엘메스는 점점 부드러운 표정으로 바뀌며 미소 짓듯이 입을 벌린 채 조용히 눈을 감았다.

고마워.
짧은 시간이었지만, 너와 함께 시간을 보낼 수 있어서 행복했어.

투명한 목소리로 엘메스에게 말하고, 다시 조심스레 일어나서 그 자리를 떠났다.
엘메스는 나의 이별 메시지를 받아들였을까?
스스로 구마 씨 일행이 기다리는 쪽으로 걸어가자 남자 두 사람이 등 뒤에서 목을 꽉 눌렀다.
"링고, 이제 됐나? 정말로 이게 마지막이다."
구마 씨가 나를 배려해 부드럽게 말을 걸어 주었다. 나는 아무 말도 하지 않았다. 아니 더 이상 아무 말도 할 수 없었다. 그저 그 자리에서 깊이, 깊이, 정수리가 땅에 닿을 정도로 머리를 숙였다. 내 발밑에는 벌레가 기고, 올려다본 해는 불덩이처럼 이글거렸다.

나는 마지막으로, 정말 마지막으로 기도를 올렸다.

부디 엘메스가 되도록 아프지 않게 가게 해 주세요.

고통스럽지 않게, 돼지로서의 생애를 마칠 수 있게 해
주세요.

그렇게 기도하는 것 외에 할 수 있는 것이 없었다.

"영차!"

남자들은 기합 소리와 함께 엘메스의 다리를 잡고 뒤
집어서 앞발과 뒷발을 각각 줄로 묶었다. 그리고 다리
사이에 통나무를 끼워서 둘러멨다.

아까까지 얌전했던 엘메스도 본능이 눈을 떴는지 고
통으로 울부짖었다. 아기가 태어날 때 지르는 것 같은,
엄마 돼지에게 필사적으로 구조를 요청하는 것 같은 간
절한 소리로 울었다. 나는 눈을 감았다. 그러나 귀는 막
지 않고 그저 그 모습을 온 마음으로 받아들였다. 눈앞
에서 남자 둘이 엘메스를 데리고 갔다.

온몸을 가볍게 물로 씻은 엘메스는 이윽고 마당 안의
굵은 나뭇가지에 매달렸다.

눈을 뜨고 엘메스 쪽으로 천천히 다가갔다. 호흡을 할

때마다 엘메스의 몸이 고무풍선처럼 크게 부풀었다. 엘메스의 몸 바로 아래에 양동이를 가져다 놓았다. 준비는 모두 끝났다.

이번에 엘메스를 해체해야 할 책임자는 나다. 그리고 책임자는 그 돼지의 경동맥을 자르는 의무를 다해야만 한다.

구마 씨의 친구가 창고에서 칼을 가지고 와서 내게 건넸다. 구마 씨가 "여길 잘라" 하고 말하듯 손가락 끝으로 경동맥 위치를 가리켰다. 나는 단번에 아무 생각 없이 경동맥에 칼을 찔렀다. 피가 팍 하고 불꽃처럼 튀며 구마 씨의 굳은 뺨에 레이스처럼 무늬를 만들었다.

엘메스는 괴로워하지 않았다.

아니, 물론 괴로웠겠지만 그런 몸짓은 보이지 않았다.

구마 씨도 구마 씨의 친구도 "훌륭한 돼지네" 하고 연신 감탄했다. 나는 건포도처럼 쭈그러든 엘메스의 눈에 눈물이 고인 것처럼 보여서 미칠 것 같았다. 엘메스는 그대로 조용해지더니 영영 돌아올 수 없는 돼지가 됐다.

잠시 후, 전신을 흐르던 엘메스의 피가 아래로 빠져서 양동이 가득 고였다.

그걸 막대기로 끊임없이 저어서 표면에 거품이 일게 했다. 피가 굳지 않게 하기 위해서다. 이 피는 선지소시지를 만들 때 필요하다.

엘메스의 몸을 피 한 방울까지 헛되이 하고 싶지 않았다.

식재료는 우엉 껍질에도 콩나물 꼬리에도 수박씨에도 생명이 있다고 믿고 있다. 그래서 되도록 허투루 버리지 않으려고 하는데, 상대가 엘메스이니 그런 생각이 한층 더 강해졌다. 오키나와에서는 돼지의 울음소리 이외에는 전부 먹을 수 있다고 한다는데, 나도 엘메스의 눈알과 발톱 외에는 모두 요리를 하기로 했다.

피가 완전히 빠지면 엘메스를 나무에서 내려서 근처 작업대에 비닐 시트를 깔고 그곳에서 엘메스를 오십 도 정도의 뜨거운 물에 담가서 스푼과 가벼운 돌 등을 이용해 표면의 털을 벗겨 낸다. 그다음 토치로 가죽을 그을려서 반질반질하게 만든다. 여기까지 끝나면 드디어 본격적인 해체 작업이 기다리고 있다.

구마 씨와 그의 친구는 둘이서 엘메스의 뒷다리를 벌려 통나무로 고정하더니 다시 아까 경동맥을 자를 때 매달았던 나뭇가지에 엘메스를 매달아 주었다. 지금은 더 현대적인 전용 기계가 있는 것 같지만 주변에 있는 것으로도 충분히 대체할 수 있다. 엘메스의 기관지를 톱 같은 커다란 칼날로 잘라 머리와 몸을 둘로 나누고, 배 한복판을 위에서부터 일직선으로 잘라서 내장을 꺼내야 한다.

이 일도 원래는 책임자인 내 역할이었다. 하지만 너무나 중노동이어서 구마 씨의 친구가 내 뒤에 서서 함께 칼질을 도와주었다. 내장이 다치지 않도록 조심스러우면서도 신중하게 잘라나갔다.

칼을 넣는 순간, 내장이 튀어나왔다. 하지만 내장은 아직 배에 붙어 있어서 떨어지지 않았다. 이번에는 의사 선생님이 수술할 때 사용하는 찰싹 붙는 고무장갑을 끼고 그 손으로 직접 내장을 뜯어냈다. 엘메스의 배는 매끄럽고 부드럽고 아직 따듯했다.

아래에는 아까 털을 깎을 때 사용한 비닐 시트가 깔려 있다. 파란 비닐 시트에 엘메스의 신선한 내장이 잇따라 소리를 내며 떨어졌다. 빛을 받은 그것들은 반짝거리며 아직도 움찔움찔 움직였다. 마치 엘메스가 품고 있던 새끼처럼 줄줄이 떨어졌다.

엘메스의 큰 몸에 비하면 너무 작아 보이는 심장은 염통. 나중에 저울에 재 보니 삼백 그램밖에 되지 않았다. 부드러운 간장은 간. 작은 신장은 콩팥. 탄력 있는 위는 양. 이 미터 가까운 소장은 곱창. 거기에서 이어지는 대장.

모두 구마 씨의 친구가 실물을 가리키면서 가르쳐 주었다.

마지막에 엘메스가 평생 사용하지 않은 자궁도 나왔다. 다태 동물인 돼지에게는 자궁이 두 개 있다. 마치 흙 위에 쏙 얼굴을 내민 식물의 싹 같은 모양이었다. 이것은 애기보. 구마 씨가 '애기보(子袋)'라고 나무 막대기로 땅에 커다랗게 써서 가르쳐 주었다.

내장이 다 나오기를 기다렸다가 다른 장소로 이동해서 장을 씻었다. 이제 엘메스를 좌우 반으로 나누어 톱 같은 것으로 고기를 분리할 차례다. 힘쓰는 일은 남자들에게 맡기기로 했다.

내가 작업대에서 내장을 뒤집어 물로 씻고 있는 동안 남자들이 절단된 엘메스의 머리를 날라 왔다.

미안해.

하지만 기왕 이렇게 됐으니 세상에서 제일 맛있는 돼지 요리를 만들어 볼게.

그것이 엘메스의 죽음을 헛되게 하지 않는 유일한 방법이다.

얼른 입안에 손을 넣어 혀를 잘라 냈다. 짧은 네 다리도 날라 왔다.

방광은 깨끗이 씻었더니 풍선처럼 부풀어서 나뭇가지에 매달아 두었다. 이것은 나중에 소시지 만들 때 사용해야지.

남자들은 계속해서 고기 해체 작업을 했다. 로스, 어깨 로스, 뱃살, 허벅지살, 앞다리살, 등심으로 각각 잘라 내서 나눈 것부터 봉지에 넣어 나무 그늘에 두었다. 벗겨 낸 젤라틴 껍데기는 소시지를 만들 때 사용하려고 전부 모아서 내가 있는 작업대 쪽으로 가져왔다. 일반 소시지는 고기를 갈아서 소금과 향신료, 계란 등을 넣고 장에 쑤셔 넣기 때문에 그 작업은 달팽이 식당에 돌아간 뒤에 할 수 있다. 하지만 선지소시지만큼은 안에 넣는 내장의 신선도로 맛이 좌우되기 때문에 일단 그것부터 만들었다.

엘메스의 염통과 간을 잘게 다져서 소금을 뿌리고 처음에 양동이에 받아 둔 피와 섞는다. 소금은 모두 만월 소금을 사용하기로 했다. 보름달이 뜬 밤에 이 근처 바다에서만 채취하는 천연소금으로 옛날부터의 제법을 고수해서 만든 그 소금에는 특별한 생명력이 있다고 믿고 있다. 나는 무슨 일이 있어도 이 소금을 엄마의 몸에 선물하고 싶었다.

껍데기도 잘게 다져 함께 넣고 비계를 섞고 남자들이 잘라 둔 어깨살도 조금 섞어서 깨끗이 씻은 위에 채웠다. 이것을 훈제해 재워 두면 선지소시지가 완성된다.

다음에 엘메스의 얼굴에 마지막 이별 인사를 하고 작업대 중앙에서 칼로 양쪽 귀를 잘랐다. 이것으로 미미가 샐러드(돼지 귀를 삶아 땅콩 소스로 무친 오키나와 요리)를 만들 예정이다. 그다음 머리를 둘로 쪼갰다. 삐걱삐걱 소리를 내며 칼날이 엘메스의 머리를 절단했다. 엘메스를 지탱하고 있던 뇌는 생각보다 훨씬 작고 진주처럼 탁한 빛에 싸여 있었다.

머리의 반은 달팽이 식당으로 가서 테린을 하고 나머

지 반은 잘게 다져서 방광에 채워 넣어 머릿고기 소시지를 만들 것이다.

나는 아무 생각 없이 엘메스의 머리를 썰었다.

부드럽고도 부드럽게 칼질을 하고 얇게 썬 고기도 조심조심 다루었다.

엘메스는 이제 엘메스가 아니다.

울지도, 먹지도, 응석 부리지도 않는다.

하지만 엘메스는 절대 죽은 게 아니라고 생각한다.

나는 고기를 썰면서 그런 확신으로 가슴이 벅찼다.

사방 일 미터짜리 고기 속에도 엘메스의 맑은 혼이 잠들어 있다.

그렇게 생각하니 왠지 지금 엘메스의 따뜻한 기운 같은 것에 보호받으면서 그립고 온화한 봄 바다 위에서 한들거리고 있는 듯한 기분이 들었다.

결국 날이 어두워질 때까지 나는 구마 씨의 친구 집 마당을 빌려 작업을 계속했다. 그곳에서 본 노을 진 하늘은 초봄 특유의 촉촉한 핑크빛이었다. 그렇다. 엘메스처럼 예쁜 핑크빛 하늘이었다.

녹초가 된 몸을 질질 끌듯이 하고 식당으로 돌아오자, 냉장고에는 구마 씨가 손수레로 날라다 준 엘메스의 고기가 비닐봉지에 포장된 채 비좁게 들어 있다.

아마 전부 백 킬로그램 가까울 것이다. 구마 씨와 구마 씨 친구가 낮에 작업하던 손을 잠시 쉬고 담배를 한 개비 피우면서 "할망구 주제에 육질이 아주 좋네" 하는 대화를 나누기도 했지만, 정말로 내 눈으로 봐도 엘메스의 고기는 예쁘고 연한 핑크색으로, 지방이 너무 많지도 적지도 않고 딱 좋았다. 엄마가 양질의 사료를 먹였기 때문이리라. 왠지 엘메스의 고기에서는 나무 열매와 잎과 흙을 섞은 듯 향긋한 숲 냄새가 나는 것 같았다.

나는 휴우, 하고 한숨을 내쉬었다. 일단 물을 끓여서 차를 한 잔 마시기로 했다.

오늘 하루 종일 선 채로 일해서 다리가 퉁퉁 부었다. 어깨까지 뭉쳤다. 직접 끓인 호지차를 마시면서 내일부터는 엘메스에게 줄 빵을 굽지 않아도 되겠네, 하는 생각을 멍하니 했다. 아직 냉장고에는 엘메스용 천연 효모균이 남아 있는데…….

특별히 슬픈 것은 아니었지만 조금 허무한 기분이 들

었다. 그리고 주방 선반 한구석에 나란히 꽂혀 있는 요리책을 넘기면서 엄마의 피로연 메뉴를 짰다. 할 일은 아직도 태산같이 남아 있다. 감상에 젖어 있을 때가 아니다.

나는 엄마에게 요리로 세계 일주를 선물하기로 했다.

당초에는 슈이치 씨와 둘이서 신혼여행을 갈 계획도 있었지만, 최근 엄마의 몸이 눈에 띄게 쇠약해져서 도저히 무리일 것 같았다. 슈이치 씨도 비행기를 탈 체력은 고사하고 공항에 가는 것조차 불가능할 거라고 판단했다. 그러니까 적어도 여러 나라 요리를 먹는 것으로 여행하는 기분을 맛보게 하고 싶었다. 돼지는 세계 각지에서 사육되고 있으니 다양한 조리법을 생각할 수 있다.

도시에서 요리사 수업을 받던 시절에 여러 레스토랑에서 일을 해 보았기 때문에, 그것은 내게도 요리사의 혼을 자극하는 획기적인 아이디어였다. 하지만 늘 그렇듯이 메뉴를 고안하는 일은 힘들다.

그 후로는 집에도 돌아가지 않고 식당에서 먹고 자며 거의 철야로 요리 준비를 했다. 그동안 달팽이 식당도 영업을 쉬기로 했다. 생고기를 사용하는 등심 등은 조리

하기 쉬운 크기로 잘라 랩에 싸서 냉동했다. 또 어깨살은 소금에 절이거나 차사오(중국식 돼지고기구이. 양념에 절여서 굽거나 구운 것을 뭉근한 불에 찐 것)를 하고, 뱃살은 베이컨으로, 허벅지살은 햄으로 각각 가공했다.

머리와 목, 그 외의 부위에서 나온 부스러기 고기와 자투리 고기는 모두 한데 갈아서 살라미와 경단과 비엔나소시지의 재료로 썼다. 비엔나소시지에 쓰는 껍질은 피로연을 하는 목장의 주인에게 천연 양의 내장을 얻어서 사용했다.

처음이었지만 생햄 만들기에도 도전했다. 생햄은 엄마가 좋아하는 것인데, 엄마의 부탁대로 엄마가 세상을 떠난 뒤 신세 진 사람들에게 돌리기로 돼 있다. 축의금에 대한 답례품이라고 해야 할까. 등심 덩어리에 소금, 설탕, 허브 등을 섞어서 재운 후 수분을 조금씩 빼면 생햄이 완성된다.

시간이 아무리 많아도 부족했다.

돼지 한 마리를 혼자서 다 요리한다는 것은 지극히 어려운 일로, 체력적으로도 정신적으로도 무척 힘든 작업이었다. 모르는 것도 많았다. 그럴 때는 구마 씨가 소개해 준 요로즈야 슈퍼마켓 안에 있는 마을의 유일한 정육점 아주머니에게 팩스를 보내서 물었다. 아주머니는 어떤 초보적인 질문에도 자기 일처럼 조언을 해 주었다.

어깨살과 어깨 로스는 부드럽고 지방이 많아서 구이나 수육으로 하면 좋다. 간 바깥쪽을 에워싸는 두꺼운 고기는 등심으로, 육질이 아주 부드러워서 삶아서 얇게 썰어 먹으면 좋다. 로스와 허벅지살 사이에 아주 조금 붙어 있는 등심은 부드럽고 지방이 적어서 어떤 요리에나 어울린다. 허벅지살은 지방이 적으니 뼈에 붙은 채로 굽는 게 좋다. 가슴 아래에서 배까지 갈비뼈를 싸고 있는 고기는 뱃살로, 고기와 지방이 번갈아 가며 층을 이루어 이른바 삼겹살이라고 불리는 것으로 맛이 좋다. 앞다리는 결이 거치니까 시간을 들여 조림 요리로.

이것은 모두 정육점 아주머니가 돼지 부위가 표시된 그림을 첨부해 가르쳐 주었다.

나는 엄마에게 얻은 정보를 바탕으로 구체적인 요리 내용을 조금씩 정하는 한편, 달리 필요한 재료를 구했다. 재료 조달은 구마 씨와 구마 씨의 동료들이 쉬는 시간도 아까워하며 지금까지 이상으로 협력해 주었다.

그리고 두 사람의 피로연이 드디어 다음 날로 다가왔다.

나는 오랜만에 집으로 돌아왔다. 다음 날 아침 일찍 일어나야 하니 조금이라도 눈을 붙이려고 침대에 누웠다. 역시 와인 상자로 만든 간이침대보다 내 방 침대가 훨씬 편하고 잠도 잘 온다.

아무래도 피곤에 절었던 탓인지 부엉이 영감의 목소리조차 못 듣고 잤다. 그러다 새벽 한 시쯤 됐을까. 방문이 스르륵 열리고 앙상하게 야윈 엄마가 들어왔다. 나는 그때 반쯤 잠이 깨어 있었다.

엄마는 내 침대로 걸어오더니 옆에 쭈그리고 앉아서 내 얼굴을 바라보았다.

엄마의 향수 냄새로 알아차렸다. 나는 그대로 자는 척했다. 엄마에 대한 전과 같은 증오는 몸 어디를 둘러봐도, 거꾸로 흔들어도 더 이상 찾을 수 없었다. 그렇지만 역시 몸이 반사적으로 그렇게 된다.

"링고."

정말 오랜만에 엄마가 내 이름을 불렀다. "응?" 하고 대답할 수 있을 것 같았지만, 목소리가 나오지 않았다.

"부탁이다, 마지막으로 뭐라고 말 좀 해……."

쉰 목소리로 그렇게 중얼거리더니, 내 뺨에 가볍게 손가락을 댔다. 차가웠다. 고무 같은 감촉의 몇 가닥 손가락이 내 피부를 어색하게 쓰다듬었다. 그래도 나는 눈을 뜰 수가 없어서 계속 자는 척을 했다.

"고마워"하고 말하고 싶었다.

나를 낳아 주어서 고마워, 라고.

그러나 실제로는 목소리가 나오지 않았다.

슬프고 분하고, 내가 한심해서, 금방이라도 눈물이 쏟아질 것 같았다. 그리고 고맙다는 말을 하지 못하는 대신에 엄마 품에 안겨서 지금까지의 일을 전부 사과하려고 생각했을 때, 엄마가 일어나서 스윽 밖으로 나갔다.

단 한 번이라도 좋으니까 엄마에게 꼭 안겨 보고 싶었다. 하지만 용기가 없어서 그러질 못했다.

그것이 엄마가 결혼하기 전날 밤의 일이다.

꽃가루가 날리는 가운데, 신록이 아름다운 목장에서 엄마와 슈이치 씨의 피로연이 성대하게 열렸다.

나는 네오콘 소유의 백마를 타고 싱글벙글 미소 짓는 엄마의 모습을 멀리서 물끄러미 보고 있었다. 엄마가 몇 시간이나 들여 디자인해서 프로 재단사에게 맞춘 웨딩드레스는 우아하고 가련하면서도 고급스러웠다.

엄마는 평소와 달리 옅게 화장했다. 화장기가 거의 없는 엄마의 얼굴은 눈처럼 하얗다. 그런 엄마의 몸을 뒤에서 부축하는 슈이치 씨. 백마를 끄는 이는 물론 네오콘이었지만 엄마, 네오콘 그리고 슈이치 씨 세 사람이 함께 있는 모습을 이렇게 보니 운명인 듯 묘한 조화를 이루었다.

목장의 초원 일대에 가득 핀 클로버가 진주를 뿌린 것처럼 빛났다.

그리고 무엇보다 신부인 엄마가 가장 빛났다.

지금부터 엄마의 행복한 인생이 시작된다.

나는 그 사실을 실감하면서 마무리에 들어갔다.

봄 내음을 듬뿍 담은 산들바람이 기분 좋게 내 마음을 안아 주었다.

내게 요리란 기도 그 자체다.

엄마와 슈이치 씨의 영원한 사랑을 비는 기도이고, 몸

을 바친 엘메스에게 감사의 기도이고, 요리를 만드는 행복을 베풀어 준 요리의 신에게 올리는 기도이기도 했다.

나는 이때만큼 무한한 기쁨을 느낀 적이 없었다.

시트를 이어서 만든 수제 식탁보에 즐비하게 차린 요리들을 보니 눈시울이 뜨거워졌다.

신랑과 신부의 인사가 끝나고 모두 식탁으로 모여들었다. 샴페인은 네오콘이 신랑 신부에게 보내는 선물이다. 각자 손에 들고 있는 샴페인 잔에 떠 있는 것은 설탕에 절인 벚꽃잎이었다. 지금은 완전히 사이가 좋아진 거식증 토끼를 데리고 온 고즈에의 엄마가 작년에 벚꽃으로 만들어 둔 것을 선물해 주었다. 경사 때 마시는 벚꽃차 대신이었다.

이윽고 건배 선창을 하고, 뷔페 형식으로 내가 만든 요리를 작은 접시에 덜어서 먹기 시작했다. 모습을 바꾼 엘메스가 또 새로운 무대의 첫걸음을 내디뎠다. 이번에는 사람의 몸속으로 들어가서, 그 사람에게 힘을 북돋워 줄 것이다.

목장 곳곳에 있는 벚꽃 나무까지 기쁨의 눈물을 흘리듯이 바람에 실어 꽃잎을 식탁으로 날렸다. 나는 입술을 꽉 깨물고, 웃음과 눈물을 애써 참았다.

아직도 일이 많이 남았다. 피로연 요리 책임자가 훌쩍훌쩍 울고 있을 수는 없다.

화려하게 차린 수많은 요리들.

머리 고기로 만든 테린은 이 지역에서 재배한 야채를 피클로 곁들였다.

귀는 자투리 야채와 식초와 함께 찐 다음 잘게 썰어서 올리브유와 와인 식초로 무쳐서 프랑스풍 미미가 샐러드를 만들었다.

혀의 반은 오향분과 그 밖의 향신료를 넣은 간장에 절였다가 조려서 중국의 러차이(열채)로. 나머지 반은 양배추와 볶아서 소금과 후추로 간을 했다.

염통은 선지소시지 안에 넣었다.

간과 연골은 잘게 썰어서 훈제했다.

위는 그 자리에서 소금으로만 간을 해서 숯불에 구운 뒤 무농약으로 재배한 국산 레몬즙을 뿌려서 내놓았다.

애기보는 그 밖의 내장과 함께 토종닭 뼈를 우려낸 국물에 넣고, 고마쓰나(샐러드와 볶음, 국거리 등에 쓰이는 일본 야채)와 오징어 경단을 보태서 쌀국수에 부은 후 마지막으로 계란 노른자를 떨어뜨려서 미얀마의 채이오라는 따뜻한 국수를 만들었다.

족발은 푹 삶아서 젤라틴을 빼내고 오키나와 요리인 데비치로.

앞다리는 뿌리채소를 통째로 넣고 몇 시간에 걸쳐 푹 고아서 프랑스의 포토푀로 변신시켰다.

어깨살은 한입 크기로 잘라서 밑간을 하고 녹말가루를 묻혀 올리브유에 튀긴 후, 조린 발사믹 식초를 뿌려서 이탈리아풍 탕수육으로.

소금에 절여 두었던 어깨살 로스 덩어리는 물냉이와 함께 졸여서 된장 맛이 나는 수프를 만들었다.

미리 만들어 둔 차사오는 그대로 썰어서도 내고, 파채를 듬뿍 넣은 차사오면(얇게 썬 돼지고기구이를 얹은 중국식 라면)으로도 냈다. 가공하지 않고 그대로 냉동해 두었던 나머지 목살은 올 겨울에 담근 김치와 함께 볶았다.

로스는 생햄을 만드느라 거의 다 썼지만 남은 것은 정육점 아주머니의 조언대로 삶은 뒤 가늘게 썰어서 게, 콩나물, 부추 등과 함께 라이스페이퍼로 싸서 월남쌈을 만들었다. 소스는 본고장의 피시 소스를 썼다.

허벅지살을 가공해서 만든 햄은 샌드위치에 사용하고 감자샐러드에도 넣었다. 생고기로 보존한 것은 해동해 뼈가 붙은 채로 구워서 유자후추를 뿌려서 내놓았다. 나머지는 갈아서 산초를 듬뿍 넣어 매운 사천풍 마파두부로. 그러고도 남은 분량은 육수로 지은 밥과 함께 피망에 채워서 튀르키예 음식인 피망돌마를 만들었다. 그래도 남은 것은 러시아 만두 피로시키 속에 넣었다.

뱃살 일부는 베이컨으로 가공해 치즈와 같이 빵 반죽에 넣어서 베이컨 치즈 빵을 구웠다. 엘메스가 남기고 간 선물이라고도 할 수 있는 천연 효모균을 사용해 씹는 맛이 제대로 나는 시골풍 빵을 만들었다.

갈빗살은 양파, 토마토와 함께 볶은 후 콜라를 붓고 조려서 아메리칸 스페어립으로. 뼈가 있는 부분은 밀가루 옷을 입혀서 고온의 기름에 튀겨 쟈오옌파이구라는 중국풍 포크 립 튀김을 했다.

조금밖에 나오지 않는 귀한 등심은 소금과 후추로 밑간을 한 다음 양파, 마늘과 함께 볶아서 사과를 넣고 압력솥에 몇 분 동안 조렸다. 거기에 마지막으로 화이트와인으로 맛을 조절한 후 사워크림을 끼얹어서 내놓았다.

디저트로는 수제 웨딩케이크를 준비했다.

멋있지는 않지만 나름 그럴듯한 케이크가 완성됐다. 장식으로는 민들레와 제비꽃, 장미꽃을 듬뿍 사용했다. 모두 자연의 것이어서 먹을 수 있다. 식욕 없는 엄마도 이것만큼은 먹을 수 있었다.

또 구마 씨가 규슈에 있는 친척에게 부탁해서 일부러 아카시아 꽃을 구해 주었다. 홍차에 이 꽃을 띄우면 싱그러운 향이 나, 그야말로 엄마와 슈이치 씨의 피로연에 딱 어울리는 아카시아티가 완성된다.

결혼식 답례품으로는 보조개 만주(경사스러운 날에 주로 먹는 만주로, 하얀 만주에 빨간 점이 찍힌 것이 특징이다)를 준비했다. 으깬 팥에 꿀에 절인 팥을 섞어 소를 만든 뒤, 마를 넣어 만든 만주 피로 그것을 싸서 붉은색 식용 색소를 찍어 포인트를 준다. 상자 속에 두 개 나란히 담아놓으니, 마치 엄마와 슈이치 씨가 얼굴을 마주 보고 싱글벙글 웃고 있는 것 같았다.

부디 이 웃는 얼굴이 하루라도 더 지속되기를······.

그런 바람을 담으면서 나는 하나하나 정성껏 붓으로 붉은 점을 찍었다.

물론 이런 막대한 작업을 나 혼자서는 할 수 없다. 엄마와 슈이치 씨의 피로연은 마을 사람들의 협력 없이 절대 실현될 수 없었다. 내가 몰랐을 뿐, 엄마도 아무르도 이 작은 산골 마을에 확실히 뿌리내려 살고 있었다.

엄마를 한 번만 보면 누구든 어떤 병을 앓고 있는지 눈치챘을 것이다. 그런 엄마에게 마지막 행복을 빌어 주고 싶은 사람들이 뜻을 모아서 피로연의 자원봉사자로 일해 주었다.

모두들 진심으로 기뻐해 주었다.

엄마도, 그 옆에서 한시도 떨어지지 않고 붙어 있는 슈이치 씨도 지금까지 보아 온 중 최고로 멋진 웃는 얼굴을 보여 주었다.

엄마는 사실 그 자리에 앉아 있는 것만도 힘겨워서 요리에는 거의 입도 대지 못했다. 그래도 모습이 바뀐 엘메스를 멀리서 그윽한 시선으로 바라보았다.

엘메스는 절대 사라진 것이 아니다.

그저 모습만 바꾸었을 뿐이다.

오후가 되자 거의 대부분의 요리가 비워지고 빈 접시가 즐비한 테이블에 봄 햇살이 눈부시게 쏟아지는 광경을 보고 있으니, 문득 그런 생각이 들었다.

그날 일을 더 떠올리면 내가 망가져 버릴 것 같다.

그러니 조금만 생각하도록 하자.

정말로 소중한 것은 내 가슴속에 넣어 놓고 열쇠로 꼭꼭 잠가 두자. 아무에게도 도둑맞지 않도록. 공기에 닿아 색이 바래지 않도록. 비바람을 맞아 모양이 흐트러지지 않도록.

그리고 엄마는 어이없이 뼈가 됐다.

평생 그리워한 첫사랑 남자와 재회해 결혼하고, 그의 아내가 돼 겨우 몇 주지만 부부 생활을 한 것으로, 더 이상의 욕심은 버린 것인지도 모른다. 이제 그만 됐다고 혼이 허락했을지도 모른다.

엄마는 마지막의 마지막까지 행복하고 아름다운 신부였다.

천국까지 같이 보낼 만한 물건이 마땅히 없어서, 필담용 노트를 엄마의 관 속에 넣었다. 대부분은 나와 손님의 대화를 기록한 것들이지만, 개중에는 엄마와 내가 나눈 얼마 안 되는 귀중한 교류의 흔적도 남아 있었다. 소리가 나오지 않는다면 적어도 문자로라도 엄마의 뒤를 따라가고 싶었다.

이제 이 집에는 부엉이 영감과 나 둘만 남았다.

매일 밤마다 어김없이 그날 밤 일이 떠오른다. 피로연 전날인 그날 밤의 일.

나는 그때의 내 행동을 후회한다. 어쩌면 엄마가 죽은 슬픔보다 크고 깊고 무거운 감정일지도 모른다.

엄마가 그토록 애원하는데 왜 그때 말을 걸어 주지 못했을까.

고집쟁이, 비겁자, 위선자.

자신을 욕하는 또 하나의 내 목소리가 언제나 나를 괴롭혔다.

지나간 일을 후회해 봐야 소용없다는 것은 알고 있지만, 그래도 생각하지 않을 수 없었다. 엄마를 두 번 다시 만나지 못한다. 설령 내가 나중에 목소리를 되찾는다 해도 엄마는 그걸 듣지 못한다.

부엉이 영감이 열두 시를 알릴 때까지 매일 밤 도무지 잠을 이룰 수가 없었다.

엄마가 떠난 뒤로 달팽이 식당은 쉬고 있다.

그날 나는 엄마의 친구, 지인, 피로연을 도와주신 자원봉사자들에게 엘메스 등심으로 만든 생햄을 돌리고 다녔다.

엄마의 유언이었다.

멀리 사는 사람에게는 구마 씨의 트럭을 얻어 타고, 근처 사람들에게는 달팽이호를 타고 다니며 하루 동안 모두의 집을 방문했다.

계절은 내 마음을 뒤에 남겨 둔 채 성큼성큼 앞으로 다가갔다. 목장에 피어 있던 벚꽃도 지금은 벌써 꽃이 지고 푸르른 잎만 무성하다. 하지만 마치 끓는 물에 넣어 살짝 데친 선명한 브로콜리처럼 건강한 숲의 나무들도 걸리지 않고 그대로 지나갔다.

오랜만에 슈이치 씨의 맨션을 찾았다. 호적상 내 아빠였지만, 슈이치 씨도 엄마도 호칭은 예전처럼 써도 된다고 했다. 슈이치 씨가 근무하는 병원 근처에 있는 맨션은 엄마와 살기 위해 슈이치 씨가 새로 구입한 집이었다. 모든 방에 문턱을 없애고, 엄마가 다니기 편하도록 복도며 욕실이며 주방에도 난간을 설치해 놓았다.

머리칼이 새하얘진 슈이치 씨는 다른 사람들의 이십

배 빠르기로 늙었다. 무리도 아니다. 인생의 희로애락을 겨우 몇 개월 동안 한끼빈에 맛보았으니.

나는 꾸벅 절을 하고, 마음을 담아 만든 생햄을 슈이치 씨에게 건넸다.

슈이치 씨가 권해서 가볍게 차를 한잔할 때였다. 할머니 얘기가 화제가 됐다.

그때까지는 몰랐는데, 할머니도 역시 첩 할머니와 마찬가지로 먼저 죽은 어느 정치가의 애인이었다고 한다. 엄마가 아직 어릴 때 처자식이 있는 정치가와 사랑에 빠져서, 엄마를 두고 그 남자와 야반도주하듯 집을 나갔다는 것이다. 그래서 엄마는 할머니를 잘 알지 못한 채, 친척 집과 보호 시설을 전전했다고 한다. 자기 딸에게는 그런 아픔을 물려주고 싶지 않았던 엄마는 집 근처에서 할 수 있는 아무르 일을 시작했다고 한다.

그래서 할머니는 친딸에게 해 주지 못했던 만큼 내게 애정을 쏟았을지도 모른다. 그 사실을 좀 더 빨리 알았더라면 엄마와의 사이도 회복할 수 있었을 텐데.

그날 밤, 많은 사람을 만난 탓에 정신적으로 피곤해서

평소보다 일찍 목욕을 하고 침대에 누웠다.

달팽이 식당은 언제 다시 시작할지 정하지 못했다. 어쩌면 그대로 문을 닫게 될지도 모른다.

엄마가 세상을 떠난 지금, 이 마을에 머물 이유가 없다. 내 마음은 그 후 줄곧 구멍이 뻥 뚫린 상태였다.

멍하니 생각에 잠긴 채 꾸벅꾸벅 졸고 있는데, 언제나처럼 부엉이 영감이 울었다.

이제 내게는 부엉이 영감이 유일한 가족이다.

하루에 한 번 그의 목소리를 정기적으로 듣는 것만으로 나는 어린이였던 그 시절처럼 안심하고 슬슬 자야지 하는 생각이 든다.

부엉, 부엉, 부엉, 부엉 하는 여전히 정확한 리듬.

그런데 내가 아홉 번째 울음소리를 세었을 때, 갑자기 부엉이 영감이 소리를 멈추었다.

그러고는 꼼짝 않고 기다려도 열 번째 울음을 울지 않았다.

어떻게 된 거지? 다락방에 무슨 일이 일어난 걸까? 설마 뱀이라도 몰래 들어와서 부엉이 영감의 목덜미를?

나는 천장을 주시했다.

이런 일, 내 기억으로는 단 한 번도 없었다.

문득 불안해졌다. 천애 고아. 그런 단어가 천장에서 수직으로 내 목을 향해 떨어졌다.

등줄기가 오싹 서늘해지고 그대로 심장이 멎을 것 같았다.

부엉이 영감은 이 집의 수호신이라고, 그 모습을 보아서는 안 된다고 엄마가 단호히 금지시켰다.

그래서 지금까지 한 번도 다락방을 들여다본 적이 없었다. 하지만 지금 긴급사태가 발생했다. 혹시 부엉이 영감에게 생명의 위협이 있다면 구해 주는 것이 가족의 역할이리라.

나는 잠옷 위에 엄마가 애용하던 꽃무늬 나이트가운을 걸치고, 베갯머리에 항상 놓아 두던 긴급용 피난 주머니에서 손전등을 꺼냈다. 그걸 들고 벽장으로 들어가서 다락방으로 이어지는 천장 합판을 조심스럽게 밀어 올렸다.

나는 깜짝 놀랐다.

세상에. 거기 있는 것은 진짜 부엉이가 아니라 부엉이 모양의 자명종 시계였다.

멈칫거리며 부엉이 영감에게 손을 뻗쳤다.

서늘한 플라스틱의 감촉. 들어 올려 보니 의외로 가벼웠다. 줄곧 살아 있는 부엉이를 머릿속에 그려왔고, 그것이 확고한 이미지로 정착돼 있던 내게 그 발견은 마치 꿈속의 영상처럼 현실감이 없었다.

자세히 보니 부엉이 영감 아래에는 편지 한 통이 놓여 있었다. 나는 퍼뜩 정신이 들었다. 그것은 틀림없는 엄마의 편지였다. 봉투에 낯익은 글씨로 '린코에게'라고 적혀 있다.

편지를 들고 벽장에서 나와 서둘러 형광등을 켰다.

알맹이에 흠집이 나지 않도록 봉투 끝을 가위로 잘라 편지를 꺼내서, 천천히 읽기 시작했다.

린코에게.

이 편지를 읽고 있다면 이미 모든 사실이 들통나 버린 후겠네. 미안. 속일 생각은 없었지만 부엉이 영감은, 그래, 실은 자명종 시계였어. 그렇지만 잘 생각해 보렴. 아무리 부엉이여도 그렇게 정확히 정각 열두 시에 열두 번, 그것도 밤마다 울 수 있겠니? 너는 정말 바보라니까!

설마 그 나이가 될 때까지 네가 부엉이 영감을 진심으로 믿을 줄은 몰랐다. 뭐, 속여 먹은 엄마로서는 기쁘지만.

내막을 밝히자면, 옛날에 어린 린코를 혼자 집에 두고 가는 게 안쓰러워서, 그래서 생각해 낸 아이디어야. 그동안 계속 건전지를 교환해 왔지만, 역시 저세상에 간 뒤에는 아무리 나의 파워라 해도 불가능할 테니까 솔직히 털어놓으마.

그런데 언제부터 우리가 이런 식이 돼 버린 걸까?

한번 엉킨 실은 좀처럼 풀리지 않더구나.

나는 너를 정말 좋아하는데 도저히 그걸 제대로 전하질 못하겠더라. 마음 어딘가에는 내가 제일 사랑하는 사람의 아이가 아니라는 생각이 있었을지도 모르겠다. 미안하다. 정말 미안하다.

하지만 나는 너를 낳은 걸 절대 후회하지 않는단다. 네가 이 세상에 없었더라면 나는 살아갈 수 없었을 테고, 이렇게 슈 선배와 재회할 수도 없었을 거야.

너는 네가 생각하는 이상으로 아주 깜찍하고 귀여운 아

이란다. 그러니까 더 자신감을 가지렴. 남자 친구에게 차인 게 뭐 그렇게 대수라고! 린코는 나의 씩씩한 딸이니까 인기가 많은 게 당연해.

그리고 네가 만들어 준 요리, 정말 맛있었다.

고맙다. 빈말이 아니야.

엘메스도 기뻐할 거라고 생각해. 천국의 입구에서 엘메스가 기다려 줄 테니까 남편과 딸을 만나지 못하는 것도 참을 수 있어.

잘했다. 많이 힘들었지?

겁쟁이 린코는 아직 '달팽이 식당'을 재개하지 않았을 거야.

이제 엄마도 없고, 집도 네 것이 됐으니 일하지 않아도 된다고 생각하면 안 된다. 개업할 때 나한테 빌린 돈, 아직 남아 있을 거야. 꼭 갚아야 돼!

그리고 빈 샴페인 병(가능하면 크리스털 로제가 좋겠어)에 저금해서 밭에다 묻어 두렴. 다시 태어나면 꼭 찾으러 갈 테니까.

당장 식당을 열어!

네게는 재능이 있어.

너는 요리로 사람들을 행복하게 만들 수 있어.

계속하렴.

내게는 없는 귀한 재능이니까, 일분일초를 아까워하며 경험을 쌓도록 해.

네가 비굴해질 일은 조금도 없단다. 너는 귀엽고, 영리하고, 요리도 잘해서 사람들에게 많은 사랑을 받을 거야.

손님 장사를 몇십 년이나 해서 나름대로 사람 보는 안목이 있는 내가 하는 말이니 믿어. 내가 점을 본다면 너는 조금도 믿어 주지 않겠지만, 꽤 맞혔어.

가슴을 더 활짝 펴고, 당당하게 살아라.

당당하게 땅에 발을 딛고 크게 호흡해.

너처럼 삐딱한 아이는 더 실컷 놀고, 연애를 하면서 세계를 넓혀야 해.

네가 상상한 이상으로 이 세계는 크고, 가려고 마음만 먹으면 어디라도 갈 수 있어. 하마 고기를 먹고 싶으면 탄자니아든 어디든 한달음에 날아갈 수 있다니까!

지금까지 사이좋게 지내지도 못했고, 엄마다운 짓은 하나도 못했지만, 저세상에서 열심히 지켜볼게. 언제라도 곁에 있어 줄 테니까 괜찮아. 실연 좀 했다고 죽지 않아.

그리고 마지막으로, 아무르의 '아무르'는 네가 생각한 그런 의미가 아니라 러시아에 흐르는 강 이름이란다.

　우리 말이야, 신혼여행은 아무르강으로 가자고 약속했거든. 고등학생 때. 지금 생각하면 정말 특이한 취향의 고등학생이었던 것 같지만, 당시에는 진지하게 생각했어. 그림엽서 같은 데서 봤던 걸까? 그 경치에 완전히 매료돼서 말이야. 그래서 남편에게는 언젠가 내 뼈를 아무르강에 뿌려 달라고 부탁해 두었어. 그래도 괜찮지?

　결국 신혼여행의 꿈은 이루어지지 않았지만, 네가 만들어 준 요리로 세계 일주를 했으니 대대대대만족이야.

　정말로, 정말로 고맙다. 네가 내 딸이라서 행복했어.

　그리고 잊기 전에 말해 둘게.

　부엌 냉동실에 탯줄이 들어 있어.

　중요한 것은 뭐든 냉동실에 넣어 두면 돼. 그리고 필요할 때 전자레인지로 해동시키면 대부분은 괜찮아.

　뭐, 탯줄 같은 건 아무 도움도 되지 않겠지만.

　네가 내 딸이라는 변치 않을 증거야.

　너, 내가 친엄마가 아니라고 의심했지?

　요즘 세상에 유전자 감정 같은 거 해 보면 금세 알잖아.

네가 어떻게 태어난 아이인지는 나중에 여기서 재회했을 때 말해 줄게.

떠날 때는 미련 없이, 라고 하잖니?

이게 처음이자 마지막으로 쓰는 제대로 된 편지로구나.

푼수 같은 엄마여서 미안했다.

그리고 또 하나 잊기 전에 전해 둘 사항.

린코(倫子)의 린(倫)은 불륜의 린이 아니야. 불륜으로 낳은 아이에게 린코라는 이름을 붙이는 부모가 어디 있겠니! 그건 단순히 쑥스러움을 감추기 위해서 그런 거였다. 사실은 나처럼 바람직하지 못한 인생을 살지 않길 바란다는 간절한 바람으로 지은 거야. 진지하게 열심히 윤리를 지키며 살아갔으면 하고.

내가 바란 대로의 사람으로 자라 주어 기쁘단다.

그러니까 이름이 부끄럽지 않도록, 앞으로도 당당하게 가슴을 펴고 살아가 주렴.

자, 그럼 언제 어딘가에서 만나게 되면 무시하지 말기.

칠칠치 못한 인생을 보낸, 하지만 마지막에는 행복했던 너의 엄마 루리코가.

편지를 손에 꽉 쥔 채 계단을 내려왔다. 그리고 캄캄한 부엌까지 달려가서 냉동실 문을 힘껏 열었다.

어느 시대의 것인지도 모를 카레. 새까맣게 변색한 바나나. 먹다 만 케이크. 크레파스까지 식품에 섞여서 숨을 죽이고 있었다.

그것들에 섞여서 어릴 때의 내 사진도 몇 장 나왔다.

색이 바래고, 성에가 낀 어린 날의 나는 스스로 놀랄 만큼 환하게 웃고 있다.

엄마에게 이런 미소를 보였던 날이 있다는 것을 나는 처음으로, 정말로 태어나서 처음으로 알았다.

철이 들 때부터 내 가슴에는 미운 엄마라는 생각이 떡하니 버티고 있었다. 문득 돌아보니 이미 반항기였다. 나는 그제야 깨달았다. 내 앨범에는 활짝 웃는 사진이 한 장도 없다는 것을. 앨범 곳곳에 벌레 먹듯이 사진을 떼어 낸 자국만 남아 있다는 것을.

굵은 눈물이 어린 시절의 내 뺨 위로 뚝 소리를 내어 떨어졌다.

그럴듯해 보이는 작은 상자는 정말로 모든 물건을 꺼낸 뒤 마지막에 냉동실 제일 구석에서 나타났다. 연갈색으로 색이 바랜 상자에는 글씨도 아무것도 쓰여 있지 않았다.

숨을 죽이고 조용히 상자 뚜껑을 열었다.

그곳에는 사용한 침 같은 말라빠진 줄이 한 가닥 들어 있었다.

엄마…….

나는 나오지 않는 목소리로 불러 보았다.

지금 이 목소리를 엄마는 느껴 줄까?

엄마는 영원히 내 엄마다.

이제 절대 돌아오지 않는 것.

하지만 이렇게 언제까지나 남아 있는 것.

그리고 이 세상에는 앞으로 끈기 있게 찾다 보면 손에 넣을 수 있는 것들이 많이 잠들어 있다.

나는 차가운 부엌 바닥에 주저앉았다.

엄마와 나를 잇는 탯줄을 손에 꼬옥 쥔 채.

모든 일이 해결된 것 같아 보이는데, 후회는 가시처럼 목에 걸린 채 내려가지 않았다.

몸이 전혀 움직이질 않았다.

곧 초여름이 되려고 하지만, 달팽이 식당은 여전히 쉬고 있고 시간만 무표정하게 흘러갔다.

게다가 식사다운 식사도 거의 하지 못했다.

나는 되도록 생명이 포함되지 않은 것들을 골라서 먹었다.

그래서 이상한 형태로 점점 야위어 가며 피부도 거칠어졌다.

그다지 신경 쓰이지 않았다.

하루 식사의 대부분은 인스턴트식품이었다. 아침, 점심, 저녁을 컵라면으로 때우는 날도 있었다.

덕분에 인스턴트 요리는 아주 능숙해졌다. 인스턴트 요리 연구가가 됐다고 해도 과언이 아닐 정도다. 부엌 수납장에는 엄마가 사다 둔 유통기한 지난 인스턴트 라면이 아직도 산처럼 쌓여 있다.

인스턴트식품에는 감정이며 생각이 전혀 없어서, 과민해진 내게 아주 적당한 음식이었다.

그리고 어쩌면 엄마도 아무것도 느끼지 않고, 생각하지 않고 싶어서 인스턴트식품만 먹었을지도 모른다.

가끔 요리를 만들어도 맛이 나지 않았다. 문어가 자기 발을 먹고 배를 채우는 것처럼, 고양이가 자기 성기를 핥는 것처럼 뭔가를 먹고 있다는 실감이 전혀 나지 않았다. 요리는 자기 이외의 누군가가 마음을 담아 만들어 주기 때문에 몸과 마음의 영양이 되는 것이다.

이런 식으로 멍하니 하루하루를 보내던, 어느 맑게 갠 날 오후의 일이다.

갑자기 쿵! 하고 유리창을 때리는 둔한 소리가 났다.

놀라서 돌아보자 지저분해진 유리창에 뭔가가 부딪친 흔적이 남아 있었다.

이상하다 생각하면서 조심조심 집 밖에 나가 보니, 풀숲에 비둘기가 한 마리 떨어져 있었다.

목에서 피가 흘렀다.

가까이 가서 보니 가엾게도 비둘기는 이미 숨이 끊어졌다.

나는 무화과나무 밑에 묻어 주려고 구부리고 앉아 그 사체를 두 손으로 가만히 감싸 안았다. 지금까지도 벌레나 작은 동물, 시든 꽃을 보면 꼭 그렇게 애도해 왔다.

엘메스의 눈동자와 발톱도 이 무화과나무 아래 잠들어 있다.

그러자 따뜻한 산들바람 속에서 엄마의 목소리가 내 귓가에 말을 걸었다.

"죽음을 헛되이 하면 안 돼."

내 귀에는 분명히 그렇게 들렸다. 틀림없이 그것은 건강한 시절의 엄마 목소리였다.

'앗?' 하고 놀라서 주위를 둘러보았다.

할 수만 있다면 단 한 번이라도 좋으니 엄마의 가슴에 꼭 안기고 싶었다.

그러나 처음이자 마지막인 그 한순간을 끝으로 엄마의 목소리는 연기처럼 숲 저쪽으로 사라졌다.

내 손에는 죽은 비둘기만 남아 있었다.

그리고 문득 그 비둘기가 엄마처럼 느껴졌다.

이 동네 비둘기는 도시의 비둘기처럼 이상한 것을 먹지 않고 벌레를 먹는 야생 비둘기여서 향이 좋다고, 구마 씨에게 들은 적이 있다. 그 사실이 문득 생각났다.

나는 죽은 비둘기를 소중하게 가슴에 안고 일어섰다.

아직 따뜻했다.

엄마의 죽음을 헛되이 해서는 안 된다.

나는 서둘러 달팽이 식당의 열쇠를 열고 주방으로 가서 몇 개월 만에 속이 깊은 냄비에 물을 받아 끓였다.

비둘기를 끓는 물에 담가 정성껏 털을 뽑았다.

배를 갈라서 내장과 함께 허브를 채우고 몸 전체에 소금과 후추를 뿌려서 잠시 두었다가 마늘을 넣고 프라이팬에 구워서 겉이 바삭해지면, 다음에는 오븐으로 천천히 구워서 들비둘기구이를 완성시킨다.

시간이 흐르는 것도 잊고 무아지경으로 요리를 했다.

그러다 퍼뜩 정신을 차리고 창밖을 보니 이미 저녁 무렵이었다. 노을에 물들어, 순간 모든 풍경이 마멀레이드를 듬뿍 바른 것처럼 보였다. 현관 옆 종려나무도 석양빛에 긴 그림자를 만들었다. 오븐에서는 달콤하고 향긋한 냄새가 흘러나왔다.

앞으로 십 분만 더 있으면 완성된다.

나는 달팽이 식당 테이블에 빳빳하게 풀을 먹인 하얀 마 식탁보를 깔았다. 그리고 언젠가 손님이 오면 내려고 생각했던, 아마로네라는 포도 품종으로 만든 최고의 레드와인 마개를 따서 불룩하고 커다란 레드와인 전용 잔에 따랐다.

마치 피처럼 선명한 붉은색은 조명을 받아 루비처럼 반짝거렸다. 눈을 감고 숨을 들이마시자, 사치스럽고 달콤한 향이 났다.

엄마가 비둘기의 몸을 빌려서 온몸으로 내게 메시지를 전해 주러 온 것이라고밖에 생각할 수 없었다. 묵직한 질감의 은색 포크와 나이프도 세팅했다.

들비둘기가 다 구워지기를 기다렸다가, 남은 육즙에 같은 레드와인을 더 넣어서 조린 걸쭉한 그레이비소스를 뿌려 완성했다. 얼른 접시에 담아 테이블로 날랐다.

엄마가 요리를 만드는 즐거움을 내 안에서 되살아나게 해 주었다.

마음속으로 정중히, 잘 먹겠습니다, 한 후 나는 포크 끝으로 아까까지 살아서 하늘을 날던 들비둘기 고기를 콕 찔렀다. 고기 섬유 사이로 붉은 육즙이 흘렀다. 나이프로 고기를 잘라서 김이 나는 고기 조각을 그대로 입에 넣었다. 거친 대지의 맛이 나는 육즙이 입안 가득 퍼졌다. 그리고 꿀꺽 삼킨 순간이었다.

엇?

아니, 그냥 기분 탓인지도 모른다. 레드와인을 한 모금 더 머금고 술렁거리는 마음을 진정시킨 뒤, 들비둘기구이를 입에 넣었다. 망가져 가던 낡은 오르간 건반을 누른 것처럼 명령을 내리고 조금 시간이 지난 뒤 목소리가 나왔다.

"오."

드디어, 드디어 내 몸에 소리가 돌아왔다!

뱃속에서 복잡하게 얽혀 있던 실이 줄줄 풀려서 입을 통해 밖으로 나오는 것 같았다. 몇십 년이나 열리지 않던 창고에 지금 막 빛이 들어오는 것 같았다.

"맛있어."

내 목소리는 목을 떨게 하고 혀 위를 부드럽게 미끄러진 뒤 희미한 바람이 돼, 내 몸에서 엄마가 있는 예쁜 우주로 날갯짓해 갔다.

"고마워."

나는 소리 내어 엄마에게 말했다. 오랜만에 듣는 내 목소리였다.

나는 들비둘기구이를 마지막까지 남김없이 다 먹었다. 문득 엄마도 같이 식사를 하고 있는 듯한 기분이 들었다. 뼈 주위의 살은 손으로 잡고 뜯어먹었다. 레드와 인도 다 마셨다. 비둘기의 작은 심장이 천천히 그리고 확실하게 내 숨결에 녹아들었다. 엘메스와 들비둘기가 내 몸속에서 합체했다. 내가 다시 움직이기 시작했다.

요리를 버려서는 안 된다.

진심으로 그렇게 생각했다.

그러니까 처음부터 다시 요리를 시작하자.

내 주위 사람들이 기뻐할 수 있는 요리를 만들자.

먹고 나면 마음이 따뜻해지는 요리를 만들자.

먹고 나면 아주 조금이라도 행복해지는 요리를, 앞으로도 계속 만들자.

세상에서 단 하나밖에 없는 이곳, 달팽이 식당의 주방에서.

초고문

우리는 지금 눈길을 달리고 있다. 설마 설국에 오리라 곤 생각지도 못해서 하루미는 자기가 만든 가죽 구두를 신었고, 나도 낡은 스니커즈를 신었다. 이미 물이 스며 들어 양말까지 푹 젖었다.

　류색에는 해변에서 사용할 비치 샌들과 바스 타월, 자 외선 차단 크림이 들어 있다. 크리스마스는 따뜻한 오스 트레일리아의 골드코스트에서 보내자고, 내 남자 친구 인 하루미가 말을 꺼냈다.

　그렇다, 내 남자 친구 하루미.

"사쿠라, 조금만 더 가면 돼. 힘내!"

앞장서 걸어가던 하루미가 돌아보며 응원해 주었다.

하루미는 오래된 루이비통 여행 가방에 나보다 몇 배 더 많은 짐을 담아서 짊어지고 걷고 있다. 걷는다기보다 수중 워킹을 하는 느낌에 가깝다. 미끄러워서 엎어질 것 같다.

눈의 무게를 버거워하는 나뭇가지에서 차가운 얼음이 후드득 떨어졌다. 이 여행을 위해 보너스를 받아서 산 아네스베 티셔츠도 하루미에게 보여 주기 전에 엉망이 됐다.

하루미와 처음 가는 여행. 원래대로라면 지금쯤 케언스행 기내에서 영화라도 보고 있었을 터였다. 택시가 시속 십 킬로미터로 달렸더라면 비행기 시간에 맞췄을지도 모른다. 하지만 우리는 도중에 왠지 서두르는 것이 한심해졌다. 그래서 관광객이 아무도 없을 법한 일본의 비경을 찾아가 보기로 갑자기 행선지를 변경해 이 마을까지 왔다.

하루미가 눈을 감고 동전을 던진 방향이 마침 설국이었던 것뿐. 그다음은 닥치는 대로 심야 특급을 타고 종점에서 내렸더니 눈앞이 설경.

다만 이렇게 길 없는 길을 꾸역꾸역 앞으로 나아가는 데는 이유가 있다. 아까 버스를 기다릴 때에 같이 있던 이 지역 여고생들에게 어떤 식당의 소문을 들었다. 그곳의 요리를 먹으면 소원이 이루어진다고 한다.

우리는 바로 그 식당에 가기로 했다. 초저녁 무렵에 온다는 버스까진 기다리지 못하고 택시를 잡아서 차로 들어갈 수 있는 데까지 태워 달라고 해서 거기부터는 도보로. 여고생이 대충 그려 준 지도에만 의지해 바퀴 자국조차 없는 눈길을 필사적으로 걸어갔다.

"다 왔어."

하루미가 손을 흔들면서 웃고 있다. 손수건이나 팬티까지 철저하게 신경 쓰는 하루미는 눈 속에 서 있으니 패션 브랜드의 화보 모델 같았다. 나는 숨을 헉헉거리면서 간신히 하루미와 합류했다. 정말로 시야가 닿는 곳 끝까지 수묵화의 세계다. 산들이 색종이를 찢어서 그린 그림처럼 몇 겹으로 이어져 있다.

"여기구나, 달팽이 식당."

하루미가 눈 속에 묻힌 간판을 손으로 털자, 정말로

노란 페인트로 그렇게 쓰여 있었다.

그곳은 여고생들이 말한 대로 여성이 혼자 운영하는 식당이었다. 그는 갑자기 찾아온 수상한 남자 둘을 웃는 얼굴로 맞이해 주었다. 그리고 주머니에서 단어 카드를 꺼내더니 차례로 페이지를 넘겼다.

안녕하세요.

저는 지금 사정이 있어서 목소리가 나오지 않습니다.

연달아 두 장, 우리에게 내밀었다. 이것도 여고생들이 가르쳐 준 대로다.

우리는 잠시 난로 앞으로 안내받았다. 하루미가 인테리어를 확인하는 것이 느껴졌다. 하루미의 본업은 구두 장인이지만 골동품을 모으는 것이 취미이다. 주말만 다목적 빌딩의 사무실 한 칸을 빌려서 구두와 골동품 가게를 하고 있다. 그곳 분위기가 달팽이 식당의 인테리어와 공통된 부분이 있었다.

"저 샹들리에, 좋네. 완전 멋진걸."

아나나 다를까, 천장에 매달린 오래된 샹들리에를 올

려다보면서 하루미가 달콤한 숨을 내쉰다. 하루미는 뭔가 좋은 것을 발견하면 반드시 '멋지다'는 말로 표현한다. 하루미 주위에는 멋진 것이 많고, 하루미의 존재 자체가 내게는 무척 멋있다.

하루미는 나와의 관계는 물론 이 여행이 우리에게 허니문이라는 것을 솔직히 얘기했다. 주인은 그저 묵묵히 들어 주었다. 그리고 하루미의 얘기를 다 듣고 나더니 하얀 이를 보이며 빙그레 웃었다.

정말 잘 오셨습니다.
그러면 밤에 숙소까지 결혼식 음식을 나르겠습니다.

하고 노트에 쓱쓱 써서 우리에게 보여 주었다.
그리고 그는 주방에 가서 핫초콜릿을 만들어 주었다. 우리는 이미 핫초콜릿을 마시고 온 탓에 완전히 당황했다. 무엇을 감추리, 핫초콜릿은 하루미가 제일 좋아하는 것이다. 그리고 우리의 만남에도 초콜릿이 관련돼 있다. 이것은 수제 초콜릿으로 유명한 테오브로마의 캐비어 초콜릿을 우유에 녹인 것이다. 마지막에 주인은,

디너 때까지 즐거운 시간 보내십시오.

그렇게 써서 보여 주고 정중하게 머리를 숙였다.

"고마워요."

우리는 동시에 말하며 일어섰다. 하루미가 내 손을 잡아 주었다. 남 앞에서 당당히 손을 잡는 것은 처음이어서 나는 또 다른 의미로 손에 땀이 났다.

그리고 우리는 올 때의 발자국을 더듬어 예약한 방갈로를 향해 다시 걸었다. 아직 배 속에서 핫초콜릿의 김이 나는 것 같다. 너무 달지 않고 씁쌀하고 진한 핫초콜릿이었다.

"그런데 저 사람, 하루미가 초콜릿광이라는 걸 어떻게 알았을까?"

"우연은 아닌 것 같은 느낌이 드네."

"근데, 결혼식이라니……."

"우리 사이를 그런 식으로 생각해 주는 사람이 세상에 한 사람이라도 있다는 게 멋있잖아."

눈에 묻힌 완만한 풍경은 새하얀 시트를 펼쳐 놓은 더블 침대 같았다. 그리로 하루미가 갑자기 등 뒤에서 점프를 했다. 나도 하루미 옆에 기대듯이 쓰러져 누웠다. 그 순간, 폭신하게 눈에 안겼다. 나는 동아줄처럼 하루미의 뼈가 불거진 손을 꼭 맞잡았다.

우리는 만난 지 몇 개월밖에 되지 않았지만, 그 당시 나는 사는 것이 너무 힘들었다. 십 년 가까이 짝사랑했던 꽃집 남자에게 용기를 쥐어짜서 고백했다가 존재를 완전히 부정당했다. 비슷한 시기에 근무하던 초등학교에서도 안타까운 사건이 있었다.

나는 초등학교 교사다. 육 학년 담임을 맡고 있다. 아이들을 좋아해서 시작한 일인데 지금은 아이들을 대하는 것이 무섭다. 계기는 사소한 일이었다.

수업이 시작돼도 자리에 앉지 않고 떠드는 남학생한테 주의를 줄 때였다. "그만해!"라고 말할 생각이었는데, 정신을 차리고 보니 "그만하세요옷!" 하고 있었다. 게다가 목소리가 살짝 뒤집어졌다. 아이들이 눈치채지 않았기를, 하고 신에게 기도한 순간 한창 건방질 때인 여학생이 "게이 같아!" 하고 떠들어댔다. 그리고 순식간에 온 학급 아이들에게 전염돼 손으로 박자까지 맞춰 가며

"게이! 게이!" 대합창을 했다.

나는 그 자리에 얼어붙었다. 피부가 흰 것도 키가 작은 것도 극단적으로 마른 것도 무시당하는 데는 익숙했다. 하지만 '게이'라는 단어만큼은 듣는 순간, 몸 바깥을 덮은 피부와 몸속의 내장이 뒤바뀌는 것 같은 느낌이었다.

소란을 듣고 옆 반 선생님이 사태를 수습하러 달려와주었지만, 아이들 전원이 귀신 같은 얼굴로 게이를 연호하는 모습은 잊으려고 하면 할수록 내 머릿속에서 끝없이 팽창했다.

그날 밤, 나는 처음으로 나 같은 사람이 많이 모인다는 거리로 가서 마시지 못하는 술을 코가 비뚤어지게 마셨다. 그리고 당연하지만 움직이지 못하게 돼, 어떤 다목적 빌딩의 층계참에 앉아 있었다. 그때 마침 그곳을 지나가다 도와준 사람이 하루미였다.

"앗, 사쿠라. 또 기분 나쁜 기억 떠올렸지? 여기에 주름, 만들면 안 돼."

하루미가 내 미간을 손가락으로 찌르면서 말했다. 정답이어서,

"하지만 초콜릿을 먹으면 그날 밤 일이 생각난단 말이야."

나는 솔직하게 털어놓았다.

"초콜릿은 슬픈 기억이 아니라 행복의 맛이야. 그러고 보니, 사쿠라 그때 엄청나게 울었지."

우리는 사귄 지 아직 얼마 되지 않아서 둘만의 추억이 거의 없다. 그래서 되풀이하고 또 되풀이해 레코드가 다 닳을 정도로 처음 만난 순간의 얘기를 서로 확인한다. 마치 제일 좋아하는 사탕을 아껴 가며 계속 빠는 아이처럼.

"정말로 힘들었다고."

"나를 보자마자 갑자기 안겼지."

"그때는 누구라도 좋았어. 그러나 안긴 순간에 아, 나, 이 사람 진짜로 좋아하게 되겠구나, 생각했어."

지금도 그때 느낀 하루미의 향긋한 듯한 반가운 듯한 향을 또렷이 기억하고 있다.

"나도 사쿠라를 안으면서 이 사람이구나, 하고 운명을 느꼈어."

"정말? 그래서 내가 엉엉 우는데 하루미, 내 입에 초콜릿을 넣어 주었구나."

"응, 초콜릿은 늘 갖고 다니니까. 근데 그 이유, 아직 사쿠라한테 제대로 말하지 않았네."

우리는 도중에 택시를 잡아서 호수 근처에 있다는 방갈로로 향했다. 차 안에서 하루미가 얘기를 계속해주었다.

"나도 사쿠라와 마찬가지로 무진장 괴롭힘을 당했어. 어릴 때. 뚱보라고."

지금의 하루미 모습을 보면 상상이 되지 않았다.

"그래서 울며 집에 돌아온 적이 있어. 그랬더니 엄마가 똑같이 해 주었지. 엄마는 감이 몹시 좋다고 할까, 눈치가 빠르다고 할까. 내가 정식으로 커밍아웃을 하기 전부터 내가 게이란 걸 알아차린 것 같아. 앞으로 고생이 많겠지만 엄마는 언제나 네 편이야, 라고 하셨지."

"그래서 입에 초콜릿을 넣어 준 거야?"

"응, 그때는 아폴로 초콜릿이었지만. 똑같이 고통스러운 사람을 보면 그렇게 해 주려고 마음먹었지. 근데 그날 사쿠라의 입에 넣어 준 건."

"장폴에방(쇼콜라티에 장 폴 에방이 자신의 이름을 따서 만든 초콜릿 회사)의 밀크초콜릿!"

나는 하루미를 만난 뒤 초콜릿에 박식해졌다. 가슴속 가득한 어두운 구름이 초콜릿의 달콤함으로 사라진다. 초콜릿만이 아니라 내가 그때까지 눈길도 주지 않았던 잡화나 인테리어, 패션과 맛집, 스킨케어, 영화, 음악, 그런 것이 얼마나 중요한가를 가르쳐 준 것도 하루미다. 얼핏 쓸데없어 보이는 것들이 실은 사람들의 생활을 대단히 풍요롭게 해 주고 있다.

"아, 사쿠라 입술, 건조하네."

그렇게 말하고 하루미는 얼른 가방에서 립크림을 꺼내 손가락 끝에 묻혀서 발라 주었다. 입가에 달콤한 장미 향이 훅 퍼졌다.

"아그로나뚜라라는 이탈리아의 유기농 화장품 브랜드 립크림이야. 멋지지?"

또 하나, 하루미가 미지의 문을 열어 주었다.

그러다 보니 우리가 오늘 밤 머물 방갈로가 보였다. 숲속에 오도카니 서 있는 낡디낡은 방갈로다.

"으헉."

방에 들어간 순간, 나는 엉겁결에 얼굴을 찡그렸다.

"냄새!"

곰팡이 냄새가 명백했다.

하루미는 서둘러 가방에서 향수를 꺼내 쉭, 쉭, 쉭, 몇 번 유리병 노즐을 눌러서 향을 뿌렸다. 하루미가 애용하는 것은 페라가모의 남성용 오데코롱이다. 나는 표현력이 빈곤해서 이 좋은 향을 제대로 표현할 수 없지만, 고상하고 은근히 달콤해서 하루미에게 딱 어울리는 향이었다.

"아, 겨우 하루미 냄새가 됐네."

나는 안심하고 소파에 짐을 올리면서 중얼거렸다.

각오는 했지만, 아무리 그래도 너무 살풍경한 방이다. 이래서야 모처럼의 허니문도 물거품이다. 그때, 하루미가 재빠른 동작으로 여행 가방을 열더니 안에서 자루를 꺼냈다.

"사쿠라, 걱정하지 않아도 돼. 옷 갈아입고 좀 쉬다가 이곳을 멋진 공간으로 만들자고."

자루를 들여다보니 크리스마스용 장식이 잔뜩 들어 있다. 대박! 나는 감탄했다. 하루미의 커다란 여행 가방에는 이 여행을 멋지게 연출하기 위한 소품들이 들어 있었던 것이다.

가스히터 스위치를 켜서 방을 데우고 일단 우리는 젖은 옷부터 갈아입기로 했다. 하루미와 둘이서 한 공간에 있을 생각을 하니 갑자기 가슴이 두근거렸다. 지금까지는 하루미가 추천하는 카페나 갤러리에서 만났다. 완전히 둘만 있는 것은 처음이다.

나는 륙색에서 짐을 꺼냈다. 하지만 한여름 오스트레일리아를 생각해서 싼 짐이어서 들어 있는 것은 반팔 셔츠와 탱크톱, 반바지뿐이다. 그래도 젖은 옷보다 낫다.

나는 갈아입을 옷을 들고 세면실로 가 껴입을 수 있을 만큼 껴입었다. 제일 위에 입은 것은 누나한테 하와이 여행 기념품으로 받은 알로하셔츠. 무릎까지 오는 반바지 안에는 무인양품에서 산 여성용 레깅스를 입었다. 나는 몸집이 작아 여성용 라지 사이즈로 충분했다.

세면실에서 얼굴을 씻으려고 하니 뜨거운 물이 나왔다. 이 방갈로는 온천수가 나오는 것 같다. 나는 하루미에게 배운 대로 산양우유 무첨가 비누로 세수를 하고 로션을 톡탁톡탁 바르면서 빠른 걸음으로 하루미가 있는 방으로 돌아왔다.

하루미는 완전히 편한 복장으로 갈아입었다. 하루미가 입고 있는 옷은 대부분이 마가렛 호웰로 마치 하루미를 위해 만든 것처럼 딱 어울렸다.

"자, 이거, 사쿠라 입어."

하루미가 내게 질이 좋아 보이는 그레이 카디건을 빌려주었다. 나는 그 카디건을 입었다. 부드럽고 따뜻하다. 봄바람에 싸인 기분이다. 폭신하고 하루미의 냄새가 난다. 캐시미어의 훌륭함을 내게 가르쳐 준 것도 하루미였다.

"어울리네, 잘 어울려. 게다가 그 머리핀 참 귀엽다."

세수할 때 긴 머리에 핀을 꽂아 두었던 것을 깜박했다. 여장하는 취미는 없지만, 하루미에게 칭찬을 받으니 더 귀여워지고 싶었다. 하루미가 기쁜 듯이 싱글벙글 웃으면서 내게는 너무 긴 카디건 소매를 접어 주었다.

우리는 살풍경한 방갈로를 스위트한 공간으로 변신시키기 위해 힘썼다. 하루미가 가져온 것은 너무 화려하지 않고 시크한 프랑스제 장식품으로 나는 세면실과 욕실, 화장실 곳곳에 천사와 순록과 별을 장식했다. 천장에는 핑크색 풍선을 달고, 로프트에 있는 침대 주위에는 컬러풀한 새 장식을 박았다. 정신을 차리고 보니 방 전체가 핑크색과 흰색을 바탕으로 한 귀여운 공간이 됐다.

"행복해."

나는 나란히 앉은 하루미의 어깨에 머리를 기대고 속삭였다.

"나도."

하루미가 그렇게 말하면서 목에 두르고 있던 감색의 긴 스톨을 내 목에도 감아 주었다. 가벼워서 새털을 감은 것 같다. 창 너머에는 또 눈이 내리기 시작했다.

덩그러니 설원 한복판에 서 있어도 내 몸이 차가운지 따뜻한지 모른다. 하지만 이렇게 다른 사람과 몸을 기대고 있으니 내 몸이 하루미보다 조금 차다는 것을 알겠다. 눈을 감으면 푹푹하고 눈이 쌓이는 소리가 들릴 것 같다.

이대로 시간이 멈추면 좋을 텐데, 생각했다. 양초와 양초가 열로 하나가 되는 것처럼 나와 하루미의 몸도 녹아서 하나가 되면 좋을 텐데, 하고.

하늘은 한순간만 밀크티 같은 색으로 물들더니 그 후

로 뚜껑을 덮듯이 급격히 어두워졌다.

오후 다섯 시, 달팽이 식당의 그가 약속대로 디너를 배달해 주러 왔다. 엔진 소리에 잠이 깼다. 하루미의 허벅지에서 일어나 밖을 내다보니 수염 난 아저씨가 운전하는 스노모빌이 서 있었다. 그는 만들어 온 요리를 민첩하게 우리 방으로 날랐다.

새하얀 테이블보를 깔고 그 위에 나이프와 포크와 스푼을 세팅한 뒤 촛불을 켰다. 들어온 순간에는 살풍경한 방이어서 실망했는데, 지금은 일류 호텔 스위트룸에도 지지 않는 분위기를 자아내고 있다. 하루미가 재킷으로 갈아입어서 나도 돌돌 말아서 가져온 단벌 슈트로 갈아입었다. 테이블이 있는 방으로 돌아오자 이미 요리 준비가 다 돼 있다.

달팽이 식당 주인은 깨끗한 종이에 적힌 메뉴를 꺼내 보여 주었다. 우리는 어깨를 맞대고 메뉴를 보았다.

- 주 뗌므 수프
- 베이컨과 마와 브로콜리 쇼트파스타
- 빨간 순무의 바냐카우다 소스 멧돼지고기 곁들임

- 초콜릿티
- 웨딩케이크

그는 테이블에 음식을 모두 차린 뒤 공손하게 절을 하고 경쾌하게 사라졌다. 우리 두 사람에게 방해가 되지 않겠다는 나름의 배려일지도 모른다.

술에 약한 우리는 그가 만든 사과와인으로 조촐하게 건배했다.

주 뗌므 수프를 먹는 순간, 과일에서 과즙이 터지듯이 하루미가 하얀 이를 활짝 보이며 웃었다. 나도 눈처럼 새하얀 수프를 입에 넣는 순간 소름이 돋았다.

"순무와 무, 쁘와호(서양대파), 감자 그리고 살짝 유자 맛도 나."

하루미가 혀 위로 수프 맛을 확인하면서 말했다. 솔직히 나는 그렇게까지는 알지 못했다. 하지만 신성한 맛이랄까, 처음 먹는데 반가운 맛이 났다.

쇼트파스타도 덜어서 먹어 보았다. 토란이 부드러워서 차가워진 몸에 확 스며든다.

"우와, 이것 좀 봐! 귀엽다."

하루미가 포크로 찔러서 보여준 것은 리본 모양의 파스타였다.

"파르팔레라는 거야. 우리가 빨간 리본으로 묶여 있듯이, 라는 의미일까?"

하루미가 오그라든다는 듯이 쑥스러워하면서 말하는 것이 웃겼다.

'빨간 순무의 바냐카우다 소스 멧돼지고기 곁들임'도 먹었다. 빨갛고 작은 순무는 위아래가 홍백색으로, 씹으니 입안에 싱싱한 흙냄새가 퍼졌다.

"이 소스에는 대구의 이리가 들어간 것 같아. 완전 맛있어!"

하루미가 큰 눈을 반짝거리며 흥분해서 말했다.

나는 음식을 먹고도 욕정이 생기는 것을 이때 처음 알았다. 달팽이 식당 주인이 만든 요리는 한마디로 굉장히 관능적이었다. 나는 요리를 한입 먹을 때마다 민망하지만, 그곳이 딱딱해졌다. 얇은 여름용 바지를 입고 있어서 그곳이 하루미에게 들킬까 조마조마했다. 그래도 나는 포크와 나이프를 움직이는 손을 멈추지 않았다. 도중에 마법의 주단을 타고 온 세계를 여행하는 듯한 유쾌한 기분이 들었다.

"저 주인, 2초메에서 게이 전문으로 세련된 레스토랑 열면 대박 나겠다."

"정말이야. 평범한 사람으로 사는 건 아깝네."

우리는 멋대로 떠들면서 마지막 브로콜리 한 조각까지 남김없이 해치웠다. 솔직히 고양이처럼 접시에 남은 소스 한 방울까지 혀로 핥고 싶을 정도였다.

'웨딩케이크'라고 쓰인 상자에서 나온 것은 마주 보고 있는 펭귄 두 마리였다.

나는 그걸 쓰러지지 않도록 조심스럽게 꺼내서 테이블 한가운데 놓았다. 다 먹은 음식 그릇과 커트러리는 작은 싱크대에 치웠더니, 펭귄 두 마리만 남극의 설원에 있는 것 같다. 밀랍 양초의 불빛을 받아서 테이블보에는 하늘하늘 긴 그림자가 흔들렸다. 오로라 같다.

우리는 한 번 더 따뜻한 홍차로 건배했다. 달팽이 식당 주인의 설명서에 따르면 그것은 티베트 사원의 비법으로 만든 홍차라고 한다. 거기에 아주 조금 초콜릿을 더한 탓에 복잡한 향이 섞여 이국적인 맛이 났다.

"이거, 사쿠라 선물!"

하루미가 테이블 아래에서 상자를 쑥 꺼내 주어서 깜짝 놀랐다.

"열어 봐."

하루미가 속삭이듯이 말했다. 나는 리본을 스르륵 풀었다. 그리고 두근거리는 마음으로 상자 뚜껑을 열었다.

"까악."

엉겁결에 여자아이처럼 소리를 질렀다.

상자에 든 것은 구두였다. 그것도 하루미가 직접 만든 가죽 구두다. 하루미는 주문 제작 구두를 만들고 있다. 그 사람의 발 모양을 나무로 떠서 만들기 때문에 완성하기까지 빨라도 반년이 걸린다. 최근에는 인기가 많아서 일 년을 기다리는 경우도 있다.

"하루미, 바쁘다고 했으면서……."

"좋아하는 사람을 위해 밤새 만든 거야. 신어 봐."

나는 하루미의 말에 머리가 멍해졌지만, 일어서서 가죽끈을 느슨하게 하고 발을 넣었다.

"대박! 딱 맞아."

마치 신데렐라가 된 기분이다. 발 사이즈를 잰 것도 아닌데 어떻게…… 그렇게 물으려고 하는데,

"사쿠라가 우리 가게에서 졸고 있을 때 몰래 발을 만져 보고 그 느낌을 손바닥에 기억했지."

하루미가 호탕하게 웃으며 말했다. 기뻐서, 너무 기뻐서 어떻게 표현해야 좋을지 몰랐다.

"고마워."

나는 그렇게 말하면서 테이블 너머로 손을 뻗어 하루미의 생선 가시 같은 감촉의 턱수염을 쓰다듬었다.

"떨어져 있을 때도 내 구두가 사쿠라를 지켜 줄 거야. 건방진 꼬맹이들이 게이라고 놀리면 이번에는 이 구두로 걷어차 버려."

하루미가 웃으면서 그렇게 말하고 내 손등에 부드럽게 입맞춤을 해 주었다.

"실은 나도 비장의 선물이 있어."

나는 사다리를 타고 로프트로 올라가면서 발표하듯 말했다.

"뭔데?"

"응, 잠깐만 기다려."

나는 서둘러 준비했다. 아까 달팽이 식당 주인이 두고 간 밀랍 양초에 불을 붙여, 침대를 둘러싸듯이 곳곳에

놓았다. 이불 위에 바스 타월을 깔고 류색에서 가져온 도구를 꺼내 베갯머리에 늘어놓았다. 작은 새들로 둘러싸인 그곳은 축복받은 비밀의 섬 같았다.

나는 아래에 있는 하루미를 로프트로 초대했다. 촛불로 둘러싸인 침대를 보고 하루미의 눈이 동그래졌다.

"하루미, 옷, 벗어."

나는 말했다.

"지금부터 하루미에게 세상에서 제일 기분 좋은 마사지를 선물해 줄 거야."

에스테틱을 하는 누나를 속여서 재료를 입수하고 책을 읽으며 공부했다. 설국에서 해 주는 전개는 예상 밖이지만, 하루미가 춥지 않도록 방 안 구석구석 따뜻하게 해 두었다.

쑥스럽네, 하면서도 하루미는 로프트 구석에서 옷을 벗고 내가 준비해 둔 가운으로 갈아입었다.

나는 비장의 초콜릿 에스테틱을 하루미에게 선물했다. 카카오에 포함된 카페인과 폴리페놀이 지방 연소와 발한 작용을 한다. 하루미가 에스테틱에 가고 싶어 한다는 것을 알고 있었다. 하지만 여성이 마사지를 해 주는 것이 아무래도 부담스럽고, 그렇다고 게이 전문 에스테 틱에도 가고 싶지 않다고 투덜거렸다.

"아, 기분 좋아. 나 사쿠라가 마사지해 주니 마음이 편 안해져서 바로 졸린다."

하루미가 탄식 섞인 노곤한 목소리로 말했다.

"이 여행은 허니문이 아니라 초코문이네."

하루미의 얼굴을 들여다보니 입을 반쯤 벌린 어린아 이의 얼굴이 돼 있었다. 어느새 우리는 물속을 자유롭게 부유하는 두 마리 물고기처럼 몸과 몸이 서로 엉켰다. 내 팔다리가 하루미의 체온을 빨아들여 조금씩 따스해 져 간다. 방 안은 초콜릿 향으로 가득해졌다.

마사지가 끝난 뒤, 나는 하루미에게 팔베개를 하고 내 쪽으로 끌어안았다. 하루미는 정말로 편안하고 무방비 한 표정으로 아침까지 푹 잤다.

정신을 차리고 보니 이미 하루미는 일어나서 어제와 는 다른 마가렛 호웰 옷으로 갈아입었다.

"굿모닝."

잠이 덜 깬 눈으로 파자마를 입은 채 로프트에서 내

려가자, 하루미가 아침 준비를 다 해 놓고 있었다. 테이블 위에는 여전히 펭귄 두 마리가 마주 보고 있다. 어젯밤 일이 떠올라 나는 조금 쑥스러워졌다.

"욕조에 들어가지. 온천이라 몸이 따뜻해질 거야."

하루미가 기다란 젓가락으로 냄비를 저으면서 말했다. 달팽이 식당 주인이 아침까지 준비해 주었다.

"어묵이야. 엄청 맛있어 보여."

향긋한 김 속에서 하루미가 상쾌한 얼굴로 미소 지었다.

내가 목욕을 하고 나온 뒤 둘이서 아침을 먹었다. 좋아하는 사람과 같은 곳에서 아침을 맞는 것이 이렇게 행복하다니. 나는 평일 출근이어서 주말밖에 시간이 나지 않고, 하루미는 주말에 가게에 나가서 좀처럼 시간이 맞지 않는다. 몇 시간 단위로 데이트하는 것이 고작이라 같이 아침을 맞는 것은 처음이었다.

"맛있네."

나는 행복을 실감하면서 어묵을 입에 넣었다.

"다음 날 아침에 먹을 것까지 만들어 주다니. 육수도 투명하게 잘 내고 어묵도 푹 익히지 않아서, 봐, 시간이

지나도 탱탱해."

자는 동안 건조해진 몸에 어묵이 부드럽게 스며드는 것 같았다. 도중에 하루미가 오븐 토스터로 따뜻하게 데운 야키오니기리도 가져왔다. 표면에 참기름을 발랐는지 고소한 냄새가 코를 자극했다. 어묵 국물에 야키오니기리를 적셔서 먹었더니 마치 오차즈케 같았다. 최고다. 먹는 동안에 점점 힘이 났다.

우리는 드디어 식후 디저트로 펭귄 웨딩케이크를 먹기로 했다. 하루미가 집에서 가져온 에스프레소 머신으로 시간을 들여 맛있는 커피를 끓여 주었다.

"근데 어째서 펭귄이었을까?"

하루미가 커피 컵을 나르면서 고개를 갸웃거렸다. 나는 왠지 펭귄인 이유를 알 것 같았다.

"펭귄은 말이야, 평생 일부일처제래. 그렇지 않은 커플도 있지만 기본적으로는 그렇대. 목소리로 자기 파트너를 기억한대. 그래서 아마도."

"우리가 영원히 사이좋게 함께할 수 있기를!"

아몬드 파우더와 카스텔라를 섞어서 만든 생지에는 양주가 듬뿍 스며들었다. 그 위에 딸기잼을 뿌리고, 바깥쪽은 다크초콜릿을 입혔다. 초콜릿 위에는 생크림으로 레이스처럼 하얀 날개를 그리고 눈은 은색 아르장, 부리는 아몬드로 표현했다.

"사쿠라는 아는 것도 많네."

내 설명에 하루미가 감탄하는 얼굴로 이렇게 말했다.

"아냐. 나 어릴 때 파티시에가 되고 싶었거든. 여자 같은 일이라고 주위에서 반대했지만……."

"또 우네. 웃다 보면 분명히 좋은 일이 생긴다니까!"

"나, 초콜릿만 먹으면 반사적으로 그날 일이 생각나서. 정말로 기뻤단 말이야."

"사쿠라, 나 게이로 태어나서 행복해. 이렇게 멋진 여행을 할 수 있잖아. 기왕 게이로 태어났으니 게이밖에 할 수 없는 일을 더 많이 즐기자."

"응, 지금은 나도 이렇게 태어나길 잘했다고 생각해. 하루미처럼 따스하고 부드러운 사람과 둘이서 식사도 할 수 있고 알몸으로 잘 수도 있어서."

나는 펭귄 웨딩케이크를 맛있게 먹으면서 씩 웃었다. 즐거우니까 둘이 함께 있는 것이다. 아주 단순한 이유. 그것만으로도 좋다고 생각한다. 사람과 사람의 고리란.

체크아웃까지 시간이 남아서 우리는 음악을 듣기로 했다. 소파에 나란히 앉아서 이어폰을 한 쪽씩 끼고 아이패드에 넣어 온 노래를 들었다. 우리가 첫 데이트 때 본 영화의 사운드트랙이다.

위에서 보면 Y자인 이어폰은 마치 우리의 인생 같았다. 각자 다른 길을 걸어온 두 사람이 도중에 만나 하나가 됐다. 앞으로 우리에게는 넘어서야 할 산 같은 고생이 기다리고 있을 것이다. 그래도 지금처럼 좋아하는 사람이 곁에 있어 준다면 너끈히 넘을 수 있을 것 같다.

영화에 나오는 아름다운 바다가 보고 싶어서 오스트레일리아를 선택했는데, 정신을 차리고 보니 눈앞에 설경이 펼쳐져 있다. 하지만 물떼새가 아장아장 해변을 날 듯이 걷는 듯한 경쾌한 리듬의 음악을 듣고 있으니 새하얀 눈밭이 내게는 맑고 푸른 바다로 보이기 시작했다.

눈이 이렇게 부드럽다니. 이십 년 이상 살아오면서 지금까지 몰랐다.

"하루미."

나는 신성한 기분으로 불렀다.

"하루미가 살아 있어 준다면 나는 그것만으로……."

"그래, 우리는 정말로 변방의 사람들이야. 하지만 이런 우리를 인정해 주고 마음을 담아 맛있는 요리를 해주는 착한 사람도 있어. 지금은 그런 것에 감사하자. 가시밭길을 슬퍼하지 말고. 변방이어도 진실하게 살아가면 멋진 일이 생길 거야."

설원이라고 생각한 눈앞의 풍경은 호수였다. 호반으로 보이는 장소에는 백조 모양 보트가 서 있다. 이렇게 외진 곳에도 눈이 녹으면 사람이 올지 모른다.

"다음에 또 오면 저걸 타자."

나는 백조 모양 보트를 가리키며 노래하듯이 말했다.

"이렇게 하나씩 소중한 장소와 예쁜 추억이 늘어나는 것이 연애의 참맛이지."

나는 하루미의 'く' 모양으로 붉어진 목젖을 보면서 생각했다. 좋아하는 사람이 옆에 있고, 그 사람과 소소하지만 애정이 담긴 맛있는 음식을 먹을 수 있다면, 그게 행복일지도 모른다. 그 두 가지만 있으면 추한 싸움도 왕따도 전쟁도 일어나지 않을지 모른다.

그때 갑자기 유빙처럼 꽉 차 있던 두꺼운 구름 사이로 한 가닥 빛이 호수 중앙을 비추었다.

그곳만 반짝반짝 은가루를 뿌린 듯이 빛난다. 마치 지금 내 마음속 풍경을 밖으로 끄집어내 놓은 것 같다.

"부디 사쿠라가 사쿠라답게 행복하게 살아가게 해 주세요."

하루미가 기도하는 듯한 목소리로 나직이 속삭였다.

옮긴이의 말

어느 날 아르바이트를 마치고 돌아오니 집이 텅텅 비었다. 동거하던 남자 친구가 같이 식당을 차리기로 하고 고생해 모은 전 재산과 가재도구까지 몽땅 싸 들고 날랐다. 충격으로 목소리를 잃은 주인공 링고(본명은 린코)는 할 수 없이 고향으로 향한다. 중학교를 졸업하고 가출한 뒤로 한 번도 찾지 않았던 조용한 산골 마을. 고향에는 어릴 때부터 사이가 좋지 않았던 엄마와, 엄마의 반려동물인 돼지 엘메스가 살고 있다. 시골이라 일자리도 별로 없는데 엄마는 매달 숙식비를 내라고 한다. 무슨 일을 해서 이 난국을 타개할까 고민하던 링고는 엄마네 집 창고를 개조해서 식당을 열기로 한다.

《달팽이 식당》은 독특한 곳이다. 손님은 하루 한 팀만 받는다. 메뉴판도 없다. 링고가 직접 사전 면담을 하거나, 팩스와 메일로 상담한 후 손님의 사연에 맞는 음식을 만든다. 하나하나 혼을 담아서 고른 재료로. 단 한 명이 먹을 샌드위치를 만드는데 며칠 전부터 과수원에 가서 과일을 따 오고, 무농약 밀가루를 구해서 직접 식빵을 만들고 크림도 만든다. 과하다 싶지만, 엄마의 돼지 엘메스에게도 숲에서 딴 나무 열매를 넣어 매일 아침 신선한 빵을 구워서 먹이는 링고다.

이렇게도 정성껏 먹는 이의 행복을 빌며 요리를 만드는 덕분일까. 어느새 《달팽이 식당》에서 식사하면 사랑과 소망이 이루어진다는 소문이 온 마을에 났다. 그래서 세상 사람들이 행복해지고, 링고도 부자가 돼 오래오래 행복하게 잘 살았으면 얼마나 좋을까마는……

그러나 현실은 언제나 단두대처럼 내 목에 차가운 칼날을 들이댄다. 행복에 대한 기대의 실을 무자비하게 뚝

끊어 놓는다. (p.210)

　현실은 자꾸만 링고에게 태클을 건다. 그럼에도 매번 꿋꿋이 극복해 나가는 링고. 번역하는 동안 그에게 빙의됐는지, 자질구레한 현실의 태클이 우습게 여겨진다. 실연이나 실직의 아픔에 괴로워하다 이 책을 읽은 독자 여러분도 징징대지 말고 내일부터 새로운 삶을 모색해야겠다는 결의를 굳히고 있을지도 모르겠다. 파이팅.

　《달팽이 식당》은 오가와 이토 씨의 데뷔작으로 이번에 개정판을 준비했다. 그는 대학을 졸업한 뒤 십 년 가까이 습작을 했다. 여기저기 공모전에 응모해 봐도 그럴듯한 성과가 없자, 마지막으로 한 번만 더 도전해 보고 안 되면 그만둘 각오로 혼을 담아 쓴 소설이 바로《달팽이 식당》이었다고 한다. 《달팽이 식당》은 나오자마자 베스트셀러가 됐고, 세계 여러 나라에 번역 출간됐으며 이탈리아와 프랑스에서는 문학상을 받기도 했다.

　이번 개정판에는 새로운 단편도 함께 실렸다. '달팽이 식당의 요리를 먹으면 사랑과 소원이 이루어진다'는 소문을 듣고 찾아온 남자 커플의 얘기를 쓴《초코문》.《달팽이 식당》에서도 슬쩍 언급한 커플이다.

실제로 만나 본 오가와 이토 씨는 링고처럼 짧은 머리에 여린 듯하면서도 야무지고 차분한 사람이었다. 말수가 많지 않지만, 질문을 받으면 아나운서처럼 정확한 발음으로 나직하게 물 흐르듯 대답했다. 몸은 가녀려 보였지만, 굉장히 심지가 강한 사람 같았다.《달팽이 식당》을 쓸 때 링고는 곧 작가 자신이 아니었을까. 오가와 이토 씨도 어머니와 사이가 좋지 않아서 고등학교를 졸업하고 고향을 떠난 뒤, 도쿄에서 할머니와 생활했다는 얘기가 그의 에세이에 소개돼 있다.

운 좋게 데뷔작부터 최근작《라이온의 간식》까지 십 년 가까이 그의 작품을 번역했다. 함께 성장하는 느낌……이라고 하기에는 오가와 이토 씨가 엄청난 작가가 돼 버렸다. 요리를 대하는 링고의 세심함이 소설을 대하는 오가와 이토 씨의 마음가짐이지 않을까.

이 소설을 번역하는 동안 참 행복했다. 그 행복이 독자 여러분에게도 고스란히 전해지면 좋겠다.

권남희

달팽이 식당

1판 1쇄 발행 2022년 11월 1일
1판 8쇄 발행 2024년 1월 20일

지은이 오가와 이토
옮긴이 권남희

발행인 양원석 **편집장** 김건희 **책임편집** 이혜인
디자인 정세화, 김미선 **일러스트** 반지수
영업마케팅 조아라, 정다은, 이지원

펴낸 곳 ㈜알에이치코리아
주소 서울시 금천구 가산디지털2로 53, 20층 (가산동, 한라시그마밸리)
편집문의 02-6443-8868 **도서문의** 02-6443-8800
홈페이지 http://rhk.co.kr
등록 2004년 1월 15일 제2-3726호

ISBN 978-89-255-7760-9 (03830)